KB272380

어차피 너는 몰라
전 여친이 있다
새엄마가 데려온 딸이
11

"엄청났어~!
전부 새파랗더라니까~!"
"네……. 뭐랄까,
감명을 받았어요."
아스하인 란
Ran Asuhain
미나미 아카츠키
Akatsuki Minami

"바닷속에
녹아드는 것
같았어."

"마, 맞아요……!
물고기가 눈앞에서
헤엄치는데……!"

(이리도)
이리도 유메
Yume Irido

(히가시라)
히가시라 이사나
Isana Higashira

"아름다워……."
하늘에는 맑은 별하늘, 땅에는 찬란한 야경―
그리고 양쪽이 다 수면에 비치고 있는 수영장.
마치 보석을 박아놓은 듯한 그 광경에,
유메의 커다란 눈동자가 빨려 들어갔다.
내가 아무 말 없이 그 모습을 잠시 지켜보자,
이윽고 그 눈동자가 내 쪽을 향했다.
"……시시한 소리를 하려는 건 아니지?"
의심에 찬 눈초리였다.
나는 그 기대에 부응하기로 했다.
"네가 더 아름다워."

새 엄마가 데려온 딸이 전 여친이었다 11

어차피 너는 몰라

카미시로 쿄스케 지음

타카야Ki 일러스트

이승원 옮김

009 서장 **어딘가에서 봤던 출발 전**

019 제1장 **서로에게 다가가는 첫째 날**

079 제2장 **혼미에 빠진 둘째 날**

139 제3장 **깊이 빠져들어 가는 셋째 날**

233 제4장 **결론을 도출하는 넷째 날**

271 종장 **단둘만의(?) 다섯째 날**

283 **후기**

목 차 Contents

이리도 유메 ◆ 좋아하는 사람은 이런 사람

"이리도 양…… 좋아해요! 저와 사귀어 주세요!"

그렇게 말하며 착실하게 고개를 숙이는 남자애를 보면서, 나— 이리도 유메는 미소를 머금었다.

2학년이 되고 이 한 달 동안— 세 명에게 고백을 받았다. 1학년 때는 인기가 좋다는 말을 들으면서도 결국 한 번도 고백을 받지 못했지만, 2학년이 되자마자 봇물 터진 것처럼 고백 공세가 시작된 것이다.

그 이유를 짐작해 보니— 새 학기가 시작된 직후, 친구인 아카츠키 양에게 들은 그 말이 떠올랐다.

『유메는 고백을 거절하는 방법을 알아?』

당혹스러워하면서도, 응…… 하고 대답하자, 아카츠키 양은 『그렇구나. 오케이~』 하고 말하며 돌아갔다. 그리고 그 직후, 첫 번째 고백남이 나타난 것이다.

예전부터 짐작은 하고 있었지만, 아무래도 1학년 때는 아카츠키 양이 나에게 고백하려 하는 이들을 몰래 막아 준 것 같았다. 2학년이 되고 내가— 정확하게 나와 미즈토의 관계가 안정되자, 더는 그럴 필요가 없다는 생각이 들어서 보안 시스템을 해제한 것이다.

확실히 1학년 때에 이런 식으로 고백을 받았다면, 정말 성가셨을 것이다. 무례하게 거절한 바람에 나쁜 소문이 돌았을지도 모른다.

하지만, 지금의 나는 다르다.

물론 긴장은 되지만, 여유를 가지면서 당당히 이렇게 말할 수 있다.

"미안해. 이미 사귀는 사람이 있어."

고백한 남자는 고개를 들더니, 동요한 표정으로 물었다.

"누…… 누구죠? 어떤 사람인가요?!"

세 번째로 받은 똑같은 질문에, 나는 똑같은 답변을 해 줬다.

그것도— 다른 누구의 이야기를 할 때도 짓지 않을 법한, 그런 끝내주는 미소를 머금으면서 말이다.

"이 학교에서 가장 머리가 좋은 사람일 거야."

이리도 미즈토 ◆ 독차지

"너 말이야. 남의 기준을 멋대로 높이지 말아 주겠어?"

밤— 내일 출근해야 하는 아버지와 유니 씨가 잠들었을

무렵.

유메는 내 방에 몰래 와서 내 침대에 드러누웠다.

"네가 고백을 거절할 때마다 묘한 정보를 확산한 바람에, 소문이 괜히 부풀고 있어. 하버드 유학이 확정됐다는 둥, 멘사 회원이자 학생 창업 사장이라는 둥……."

"후훗. 좀 있으면 명탐정이 될지도 모르겠네?"

"남 일이라고 되게 태평하네……."

나는 한숨을 내쉰 후, 누워 있는 유메의 옆에 걸터앉았다.

지금은 라쿠로 고등학교에서 가장 인기 있는 여성이란 지위를 확립하고 있는 이리도 유메— 그런 그녀와 사귀고 있는 정체불명의 남친은 바로 그녀의 의붓남매이자 중학생 시절의 전남친이기도 한 바로 나, 이리도 미즈토다.

사춘기 청소년이 좋아할 만한 센세이셔널한 정체이기는 하지만, 나는 하버드 진학 예정이거나 멘사 회원이 아닐 뿐만 아니라 창업 경력 또한 없다.

"더 적당히 둘러댈 말은 없었어? 하필이면 이 학교에서 가장 머리가 좋다니— 그 천재 학생회장보다 더 뛰어나단 소리잖아."

"그래서거든? 상냥한 사람이나 멋진 사람 같은 무난한 말을 하면 착각하는 사람이 생길 것 같거든. 그러니『이 학교에서 가장 머리가 좋은 사람』이라고 말해두면 쿠레나이 회장님이 방파제 역할을 해 주지 않겠어?"

"착각하는 사람까지 챙겨 주다니, 출세했는걸."

"뭐, 남친으로서는 자랑스럽지 않아?"

의기양양한 목소리로 그렇게 말하는 유메의 얼굴을 빤히 내려다보면서, 나는 불쑥 손을 내밀었다.

"어? 왜 그래?"

당황한 유메를 무시한 나는 그녀의 귓불을 손톱 부분으로 훑듯이 매만졌다.

"……오늘 고백한 상대는 야구부의 기대주라며?"

"그런가 봐. 우리 학교는 기본적으로 운동부가 약세지만, 이번 세대는 꽤—."

유메가 말을 끝까지 잇기도 전에, 나는 그녀를 향해 덮치듯이 몸을 내밀었다.

침대를 두 손으로 짚으면서 내 그림자로 유메를 뒤덮은 후, 놀란 나머지 눈을 깜빡이고 있는 연인의 눈동자를 지그시 응시했다.

그러자 유메는 얄밉게도, 놀리는 듯한 미소를 머금었다.

"……독점욕이야?"

나는 대답하지 않았다.

그저 호소하듯, 유메의 눈을 지그시 응시할 수밖에 없었다.

그런 나를 보며 즐기는 것처럼, 유메는 한동안 웃음을 흘리더니…….

"괜찮아."

……하고 말하면서 자애에 찬 미소를 머금었다.

"얼마든지 독점해."

기다려 훈련에서 해방된 강아지처럼, 나는 유메의 몸을 끌어안으며 입술을 포갰다.

평소보다 약간 난폭한, 상대방을 탐하는 듯한 키스였다. 혀를 휘감을 때마다, 유메의 목에서 「으응」, 「흐읍」 하는 요염한 숨결이 흘러나왔다.

만족할 때까지 키스를 하고 나서 내가 얼굴을 떼자, 유메는 달아오른 얼굴로 미소를 머금었다.

"학년 제일의 미소녀를 독점하다니, 출세했네?"

"……너무 기어오르면 확 키스 마크를 새겨 버린다?"

"앗! 스톱, 스톱! ……정말, 삐치지 마. 네가 웬일로 귀여운 짓을 하니까, 좀 놀려 줬을 뿐이잖아?"

유메를 덮치는 듯한 자세가 불편했기에, 우리는 포옹한 채 침대 위에서 나란히 드러누웠다.

이마를 가볍게 댄 채, 우리는 속삭이는 듯한 목소리로 대화를 나눴다.

"고백 좀 받는다고 우쭐대는 것 같은데…… 나도 고백받을 예정이거든?"

"뭐? 그래? 상대는 누구야?"

"몰라. 책상 안에 메모가 들어 있었어."

"누가 장난치는 것 아냐?"

“나는 일단 이사나와 사귀는 것으로 학교 안에 알려져 있잖아. 뭐, 주위에서 멋대로 착각한 거지만— 여친 있는 애한테 그런 장난을 칠까?”

“흐음…… 그건 그래.”

“그다지 관심이 없는 것 같네.”

“그야, 좀 그렇잖아? 이렇게 꽁냥 대면서 그런 이야길 하는 건…….”

“비웃는 것 같다는 거야?”

“고백이 얼마나 용기가 필요한 일인지, 잘 아는걸…….”

정말 착해 빠진 애다.

“상대방을 진지하게 대해 줘.”

“그럴 거야.”

“그리고 오늘은 키스까지만 하자. 더는 안 돼.”

“뭐?”

“당연하잖아. 나라면 싫을 거야. 용기를 쥐어 짜내서 고백하는 자리에, 상대방이 다른 여자애와 그렇고 그런 짓을 하고 오면 말이지.”

……자기가 유혹해 놓고…… 진짜 너무하잖아!

이럴 줄 알았으면 말 안 할 걸 그랬다고 후회하는 나에게, 유메는 부끄럽다는 듯이 목소리를 더 낮추면서 말했다.

“(수학여행 전에… 실컷 하게 해 줄게.)”

말하자마자 후회한 것처럼 눈빛이 흔들리고 있는 연인의

얼굴을 코앞에서 보자, 내 가슴에서 마그마 같은 감정이 넘쳐 흘러나왔다.

"(……키스까지라면, 괜찮은 거지?)"

"어……? 으읍—!"

수학여행 동안에는 이런 짓을 할 타이밍이 없을 것이다. 우리 관계는 극히 일부의 친한 친구만이 아는 비밀인 것이다.

그래서 그 직전의 치트 데이를 위해, 지금부터 충전을 해두자. 경솔한 발언을 한 걸 후회하기나 해.

……하지만, 그 전에…….

깔끔하게 정리해 둬야만 한다. 누구인지는 모르겠지만, 나한테는 실낱같은 희망도 없다는 것을 알려 줘서, 나중에 화근이 남지 않도록 해야—.

"좋아합니다. 저와 사귀어 주세요."

"……."

그리고 나는, 말문이 막히고 말았다.

긴장이나 감정이 전혀 느껴지지 않는 목소리로 나에게 그렇게 말한 사람은, 덩치는 중학생이란 오해를 살 만큼 작지만, 나올 곳은 나온 글래머러스한 몸매를 지닌 여자애.

아스하인 란.

유메와 마찬가지로 학생회 임원이자, 이 학교에서 가장 남자를 싫어하는 것으로 알려진 여자애였다.

　……그러고 보니, 1년쯤 전에도 이런 일 있지 않았어?

이리도 유메 ◆ 6인 1조

학교에서 버스로 한 시간 이상 이동한 후— 모노레일이 깔린 오사카 공항역 1층 광장에 라쿠로 고교 학생들이 집합해 있었다.

입체 주차장처럼 벽이 없고, 기둥과 천장뿐인 이 광장에서는 도로 너머에 있는 오사카 국제공항(또 다른 명칭은 이타미 공항)의 터미널 빌딩이 보였다.

5월 중순, 날씨 맑음.

라쿠로 고교의 올해 수학여행 장소는 오키나와였다.

평화 학습과 해양 체험, 관광명소 순례와 조별 행동, 그리고 숙박 장소는 풀장이 있는 리조트 호텔이라고 하는, 사립다운 호화로운 3박4일이다. 학생회 서기로서 안내서 제작에 관여했던 나는 누구보다도 이 스케줄을 세세하게 파악하고 있다.

중학교 수학여행 때는 친구가 적었던 탓에, 꽤 우울한 이벤트였다.

하지만, 올해는 다르다.

미리 짠 6인 1조의 남녀 혼성 조는 운 좋게도 작년 1년 동안 깊은 인연을 맺었던 이들로 구성된 것이다.

"유메, 유메! 자기 샴푸 가져왔어? 밤에 바꿔 쓰자~."

"그건 괜찮은데…… 그런 문화도 있어?"

"유메의 향기에 휩싸이고 싶어~!"

눈을 반짝이며 자기 욕망을 늘어놓은 이 애는 미나미 아카츠키 양. 작고 귀여운 체격과 활발한 포니테일이 인상적인 여자애지만, 나는 요즘 들어 서서히 눈치채고 있다. 때때로 드러나는 그녀의 위험한 면을 말이다.

그 옆에서는 머리카락을 밝은색으로 염색한 남자애가 하품하고 있었다.

"졸려……. 뭐 이렇게 일찍 모이는 거냐고……."

우리 조의 세 명째 멤버인 카와나미 코구레다. 아카츠키 양과는 소꿉친구 사이이며, 우리가 안 보는 데서는 꽤 좋은 분위기인 것 같지만 본인은 『연애 ROM 전문』을 자처하면서 연애하지 않으려 하는 괴짜다. 하지만 타인의 연애 이야기는 매우 좋아하는 것 같다.

항상 밝은 무드메이커지만, 아침 일찍부터 움직인 탓인지 컨디션이 안 좋은 것 같았다. ─하지만 그런 그보다 더 컨디션이 나쁜, 꾸벅꾸벅 졸고 있는 사람이 있었다.

"……흠냐……."

"이사나. 아직 자면 안 돼."

"……어엇?! 마감인가요?!"

미즈토가 가볍게 어깨를 흔들어 주자, 뭔가에 쫓기는 것처럼 허둥지둥 주위를 둘러봤다. 그녀가 바로 네 명째 멤버인 히가시라 이사나 양. 낯가림이 심하고 오타쿠이며 성격이 특이할 뿐만 아니라 초고교급의 거대한 가슴이 인상적인 여자애다. 원래 미즈토의 여사친이었지만, 미즈토를 거쳐서 나와 아카츠키 양과도 친해졌다. 처음 만난 직후에는 나에게 있어 사랑의 라이벌이었는데…….

이런저런 일 끝에 지금은 미즈토의 제일가는 절친으로 남았으며, 그에게 일러스트레이터 활동의 매니지먼트를 받고 있다. 대화량만 본다면, 연인이자 가족인 나에게 버금갈지도 모른다. 하지만 그런 부분은 충분한 논의를 통해 컨트롤하고 있으니 괜찮다.

그리고 다섯 명째가 바로, 방금 언급된 이리도 미즈토다. 나와 사귀는 것을 앞에서 말한 셋 이외의 사람들에게 숨기고 있지만, 의붓남매인지라 자연스럽게 같은 조가 될 수 있었다.

게다가 여사친인 히가시라 양과 사이가 너무 좋은 나머지, 친구들(과 내 부모님)에게는 그녀와 사귀고 있다는 오해를 받고 있다. 그래서 히가시라 양도 이 조가 되는 게 당연하게 여겨졌다.

미즈토는 정신을 차린 히가시라 양을 그 자리에 내버려두더니, 이 집단의 구석에 있는 나에게 다가왔다.

"조장, 시간대로 출발할 수 있겠어?"

"못하면 큰일 나거든? 비행기 이륙 시간은 늦출 수 없는걸."

현재 선생님들은 인원 체크를 하고 있었다. 그것이 끝나면 공항으로 이동해서 비행기에 탑승하게 된다. 사실 나는 비행기에 처음 타보기에, 좀 긴장됐다.

그런 내 곁으로 온 미즈토는 작은 목소리로 말했다.

"……정말 괜찮은 거야?"

주어가 없는 말이지만, 나는 바로 눈치챘다.

미즈토가 언급한 이는 우리 조의 여섯 번째 멤버다.

꾸벅꾸벅 졸고 있는 히가시라 양의 뒤편에 자리한 그녀는 뭔가를 하거나 누군가와 이야기를 나누지도 않으면서, 무릎을 감싸안은 채 몸을 웅크리고 있었다.

아스하인 란 양— 나와 마찬가지로 라쿠로 고교 학생회의 멤버이며, 얼마 전에 내 연인에게 고백한 장본인.

그 이야기는 미즈토 본인에게 이미 들었다. 상대가 상대인 만큼, 정보 공유가 필요한 사안이라 판단한 것 같았다.

당연히 여친이 있다고 말하며 거절했다지만…… 아스하인 양의 대답이 놀라웠다.

—제가 계속 좋아하는 건 괜찮죠?

남자를 질색하는 것으로 유명한 아스하인 양이 그런 갸륵

한 대사를 입에 담다니…… 반년 동안, 학생회에서 함께 시간을 보낸 나는 믿기지 않았다.

『어느새 그런 사이가 된 거야?』

나는 보고를 듣고, 자기 연인이 수수녀 킬러란 사실에 전율하며 그렇게 물었다.

아스하인 양은 고지식한 우등생이며 화려한 타입과는 거리가 멀기는 해도 미니멈하면서도 다이나믹한 남자 취향의 몸매도 그렇고, 인형처럼 귀여운 얼굴도 그렇고, 수수하다고 부르기에는 강렬한 특징을 지녔다.

하지만 남자를 질색하며 멀리했기에 고백하는 사람이 이제까지 없었던, 그런 꿈도 못 꿀 존재였다.

그런 여자애를 어느새……. 히가시라 양도 그렇고, 이 남자는 특정 계통 여자들을 유혹하는 페로몬이라도 풍기는 걸까?

『나야말로 알고 싶거든?』

미즈토는 미간을 찌푸리며 그렇게 말했다.

『아스하인과 내 접점은 작년에 같이 고베 여행을 다녀온 후로 전혀 없었어. 고백받을 만한 플래그를 세운 기억이 없다고.』

『정말이야? 자기도 모르게 뭔가 한 거 아냐? 끈질긴 헌팅남을 쫓아내 줬다거나 말이야.』

『자기도 모르게 그런 짓을 하는 사람이 어디 있는데?』

『회장님이 그랬었대.』

『그런 사람과 나를 비교하지 마.』

기본적으로 남과 깊이 얽히려 하지 않는 아스하인 양이 유일하게 심취해 있는 인물이 바로 학생회의 수장인 쿠레나이 스즈리 회장이다. 아스하인 양이 회장을 동경하게 된 계기라면서 들려준 에피소드가 그런 내용이었다.

『게다가 진짜로 나를 좋아하는 것 같진 않았어. 말에 감정이 전혀 담겨 있지 않았고, 딱히 긴장하지도 않았거든. 벌칙 게임으로 고백을 한 건가 했는데, 그런 것치고는 구경하는 사람이 없었지…….』

『벌칙 게임의 타깃으로 삼기에는 상대가 너무 거물 같은데…….』

아무래도 이 남자는 자각하고 있지 않은 것 같은데, 사실 그는 여자애들 사이에서 은밀하게 인기가 있다. 결코 자기 남친을 치켜세우는 게 아니다. 미즈토는 학교에서 쿨한 척하며 그다지 말을 많이 안 하는 데다 성적도 좋아서, 우리 학교의 고학력 여자애들 눈에는 어른스럽고 멋져 보인다고 한다.

그런데도 언뜻 보기엔 수수한 인상인 히가시라 양과 사귀는 것처럼 보여서(실은 친구 사이) 그런지, 더 매력적으로 보인달까……. 일개 외톨이였던 중학생 시절과 비교하면, 정말 출세했다 싶었다.

참고로 이 구도라면 사귀는 것으로 소문난 히가시라 양이 피해를 볼 것 같지만 뜻밖에도 그렇지 않았으며, 적지 않은 여자애들이 훈훈한 눈길로 지켜봐 주고 있었다.

직접 물어 본 것은 아니지만, 아카츠키 양이 힘써 준 덕분이라고 나는 추측하고 있다.

아무튼, 아스하인 양의 고백은 질투하기 이전에 수상쩍기 그지없었다.

위화감이 어마어마한 탓에 믿기지 않았다. —어쩌면 이것은 자기가 잘 아는 미소녀에게 남친이 고백을 받았단 사실을 믿고 싶지 않은 나의, 현실 도피적인 생각일지도 모른다.

……실제로 미즈토는 기억하는 바가 없을지라도, 나는 약간 짚이는 구석이 있었다.

2학년이 된 후로, 아스하인 양이 나를 피하는 느낌이 들었다.

물론 학생회에서는 평범하게 이야기를 나누지만, 말이나 행동에서 어렴풋이…… 자신과 거리를 두고 있는 듯한 그런 느낌이 들었다.

태도로 명백하게 드러내는 것이 아니라, 스쳐 지나간 타인의 애완견이 자신한테서 한 걸음 물러선 것 같은 그런 자의식 과잉 느낌의 위화감……. 하지만 그것이 기분 탓이 아니라면?

미즈토를 좋아하게 되어서, 그의 남매인 나와도 거리를

두게 됐다. ―일단 앞뒤는 맞다. 혹은 우리는 눈치채지 못했지만, 나와 미즈토가 사귄다는 것을 알았다거나…….

아무튼, 사람이 사랑에 빠진 이유를 추리할 방법은 없다. 어제까지 남자를 싫어하던 사람이 오늘 갑자기 연애에 눈뜨는 것 또한 있을 수 없는 일이라고 딱 잘라 말할 수는 없으니 말이다.

그리고 나에게는 그런 그녀를 나무랄 권리가 없다.

아스하인 양이 미즈토에게 대시하는 것이 싫다면, 우리가 사귄다는 것을 밝혀야 한다. 의붓남매라서라고는 해도, 그러지 않았으니 아스하인 양의 감정을 부정할 수 없다.

아스하인 양을 이 조에 영입한 이유 또한 그래서다.

원래 아스하인 양은 미즈토, 히가시라 양과 마찬가지로 반에 녹아들지 않는 타입이다. 게다가 유일하게 명확한 접점이 있는 나마저 피하고 있기에, 새로운 학급에서 완전히 붕 떠 있었다.

강요하고 싶지는 않지만, 그래도 조금은 반에 녹아들 수 있도록 내가 도와줘야…… 그런 생각을 전부터 하고 있었다.

그리고 이 일과 고백 건은 별개로 생각해야 한다.

물론 고백을 거절한 상대와 같은 조가 되는 게 거북하겠지만, 그래도 전혀 모르는 사람들과 같은 조가 되는 것보다는…… 그렇게 생각해서, 내가 그녀를 우리 조에 영입했다.

"……뭐, 네가 괜찮다면 됐어."

모노레일 역 1층의 광장이 이야기 소리로 가득 찬 가운데, 미즈토는 그렇게 말했다.

"만약 그녀에게 다른 의도가 있다면, 수학여행 동안에 뭔가 행동을 취하겠지. 무슨 일 있으면 보고할게."

"그렇게까지 안 해도 돼. 그것보다, 아스하인 양이 수학여행을 즐길 수 있도록 배려해 줘."

"……너도 여유가 생겼는걸. 내가 다른 여자애와 이야기를 나누기만 해도 발끈하던 애와 동일 인물이라는 게 믿기지 않아."

"누구누구 씨가 허튼 속셈만 품지 않는다면 말이지."

"아마 그럴 일은 없을걸?"

"정말이야?"

"네가 더 귀엽거든."

미즈토가 태연한 투로 그렇게 말하자, 나는 놀란 나머지 한순간 얼이 나갔다.

"……정말……."

나는 부끄러운 나머지 미즈토의 어깨를 가볍게 때렸다. 희귀한 슈퍼 천연 미소녀인 아스하인 양을 가지고, 용케 저런 소리를 딱 잘라서 한다 싶었다.

"자리에 앉으세요~! 조용히 해 주세요~!"

선생님의 목소리가 들려왔다. 인원 체크가 끝났기에, 여행회사 측의 설명이 시작되는 것 같았다.

우리 둘도 자기 조로 돌아가야 한다. 그렇게 생각해서 걸음을 내디디려던 순간, 미즈토가 나한테 잠시 다가와서 귓속말로 이렇게 말했다.

"(오늘, 시간 내서 만나자.)"

수학여행 동안에는 거의 항상 같은 반 학생들과 같이 행동한다.

그것은 우리가 연인끼리 시간을 보낼 타이밍이 없다는 것을 의미한다.

그 시간을…… 어떻게든 만들자고, 미즈토는 말한 것이다.

다름 아닌 미즈토가, 나한테 말이다!

"(응. 타이밍 좀 살펴볼게.)"

나는 표정을 풀면서 그렇게 대답했다.

중학생 시절의 우리에게 보여 주고 싶다. 이것이 바로 연인이란 것이다.

이리도 미즈토 ◆ 이사나에게 상냥한 날라리

띠링~ 하는 소리와 함께 천장에 있는 안전벨트 착용등이 꺼지자, 옆에 앉은 이사나가 깊은 한숨을 내쉬었다.

"……사, 살았어요……."

"넌 정말 호들갑스럽다니깐. 그것보다 아직 날고 있어. 밖을 볼래?"

“아, 안 볼래요! 저를 죽일 생각인가요?!”

방금 비행기의 이륙이 무사히 끝나면서 순항 상태에 들어갔다. 비행기에 타는 게 처음인 듯한 이사나는 자리에 앉은 후로 방금까지 너무 긴장한 탓에 딱딱하게 굳어 있었다.

이사나는 불만 섞인 표정을 지으며…….

“미즈토 씨도 비행기 처음 타는 거 아니에요? 허세 부리지 말고 저한테 매달려도 되거든요?”

“자주 하는 말이지만, 비행기 사고의 확률은 자동차 사고보다 낮아. 나는 확률을 믿어.”

“타고 난 문과면서, 이과적 사고방식을…….”

이륙 때는 좀 흔들렸지만, 순항 상태에 들어가면 버스보다 쾌적하다. 눈앞의 모니터로 영화를 볼 수 있다고 하니, 비행기도 나쁘지 않은걸.

“저는 불안해요……. 태블릿도 없고요…….”

“수학여행에는 스마트폰도, 태블릿도 가져올 수 없으니 어쩔 수 없잖아. 너는 스케치북으로 대용할 수 있으니까, 나보단 나아.”

“너무 시대착오적인 거 아니에요? 연락할 일이 있으면 어쩌란 건데요.”

“조장에게 연락용 휴대전화기를 나눠 주나 봐. 지도도 그것으로 볼 수 있어.”

“나흘이나 인터넷을 접할 수 없다니…… 미쳐 버릴지도 몰라요!"

"아까부터 불평이 끊이지 않네. 수학여행이 그렇게 싫어?"

"그게……."

이사나는 몸을 움츠리며 말했다.

"이틀째에 스노클링이 있잖아요……."

"전에도 말했지? 스노클링은 수영을 못 해도 괜찮아. 구명조끼가 알아서 몸을 띄워 주거든."

"그래도 수영복을 입어야만 하잖아요……! 이제 평생 입을 일이 없을 줄 알았는데……!"

"그 이야기도 했지? 위에 잠수복을 입을 거니까 상관없어."

"하지만 다이어트를 해야만 했다고요!"

이사나가 발끈하며 그렇게 주장하자, 나는 입가를 슬쩍 말아 올렸다.

"오히려 잘된 거 아냐? 너, 건강이 더 나빠지고 있었거든."

"끄응……."

이틀째 오후에는 스노클링을 포함한 해양 체험 코스 말고도, 여러 코스 중 하나를 고를 수 있다.

그중에서 절친인 이사나의 반대를 무릅쓰며 해양 체험을 고른 이유는 바로, 그녀의 압도적 운동 부족 상태 탓이다.

내 노림수대로, 이사나는 유메와 미나미 양과 함께 운동 부족을 해소했다. ―유메에게 들은 바에 따르면, 아니나 다를까 배가 살짝 출렁거리는 상태였다고 한다.

물론 이유는 그것만이 아니다. 바닷속 세계를 보는 것은 일러스트레이터의 예술적 감각을 윤택하게 해 주리라고 생각했다. 수학여행이 아니면 애는 스노클링 같은 건 평생 안 할 테니 말이야.

"말은 그러지만, 실은 제 수영복 차림을 보고 싶었던 거 아니에요~?"

내 여사친은 히죽히죽 음흉한 웃음을 흘리면서 말했다.

"말하면 언제든 보여 줄 텐데 말이에요. 정말 수줍음이 많다니까요. 실은 보여 주면 안 되거든요? 엄마가 『너 같은 애가 수학여행에서 수영복 차림이 되면, 금욕 상태인 남자들이 폭발해서 죽어 버린다』라고 했거든요."

"모처럼 채운 네 자존심에 찬물 끼얹어서 미안하지만, 그런 욕구는 충분히 채우고 있어."

"호오. 상대가 H컵인 저인데도 말인가요?"

"걔도 꽤 커."

"오호~!"

기분 나쁜 소리를 내며 흥분한 이사나는 목소리를 낮추면서 나에게 다가왔다.

"(저렇게 호리호리한데도 그래요? 어느 정도인가요? 어느 정도인데요? 저한테만 가르쳐 주세요!)"

"너는 뭐랄까…… 남자보다 더 남자다운 애네."

상대가 여성이라 나도 평소답지 않은 말을 했지만, 남의

여친에게 보이는 흥미가 웬만한 남자들보다 훨씬 어마어마
했다.

"히히히……. 주물러 주면 커진다는 게 진짜인가 보군요.
그렇다면 저는 차이기 잘했네요. 만약 미즈토 씨와 사귀게
됐다면, 지금쯤 일상생활에 지장이 발생했을 테니까요."

"내 슬기로운 결단에 감사하라고."

"뭐, 이제부터라도 늦지는 않았지만 말이에요."

"네가 일러스트 그리는 데 방해될 테니, 거절하겠어."

"오오~. 성욕에 휩쓸리지 않는 매니저의 모범!"

"인간의 모범이거든?"

성욕에 휩쓸리는 게 인간의 기본값이라 여기진 말아 줬으
면 한다.

그런 이사나와 평소와 다름없는 커뮤니케이션을 나누고
있을 때, 앞자리에서 밝은 목소리가 들려왔다.

"뭐야뭐야? 혹시 음란한 이야기를 나누고 있는 거야~?"

앞자리의 머리 받침대 위로 얼굴을 내민 이는 화려한 색
상의 머리카락에 컬을 넣어서 볼륨 있게 만든, 딱 봐도 시끄
러워 보이는 여자애였다.

그 얼굴을 올려다본 나는 「으음……」 하고 신음을 흘리며
머릿속을 뒤졌다.

"요시노…… 맞지?"

"바로 생각 안 난 거야?! 한 달이나 같은 반이었는데~. 요

시노 야코! 야요이(弥生) 시대의 야와 오노노 이모코의 코!
약간 날라리 느낌이라고 기억에서 삭제하지 마, 미즈토!"

반 배정을 거친 우리들 2학년 7반은 작년에 비해 약간 시
끌벅적한 반이 됐다. 그 이유의 절반 이상이 바로 이 진학고
의 특이점인 요시노 야코였다.

염색과 헤어 어레인지는 기본이며, 교복 또한 날라리 느낌
으로 입는다. 그래서 교사들에게 찍혔지만, 의외로 성적이
우수한 데다 타고 난 프렌들리한 성격으로 반의 리더 역할
을 맡고 있기에 선생님들도 마지못해 눈감아 주고 있었다.

1학년 때는 같은 반 남자 전원과 잤다, 같은 바보 같은 소
문을(카와나미 경유로) 듣기도 했다. 그러나 이 한 달 동안
본 바로는 어느 반에나 한 명은 있을 법한, 좀 화려한 복장
을 하고 다닐 뿐인 싹싹한 여자애란 인상이었다.

나답지 않게 친분이 없는 사람을 이렇게 기억하는 건, 그
녀가 이사나에게 자주 말을 걸기 때문이다. 아무래도 작년
에 같은 반이었던 것 같았다. 이사나의 말에 따르면『오타쿠
에게 상냥한 날라리는 진짜로 있어요』. 오타쿠만이 아니라
누구에게나 상냥할 뿐이라고 생각하지만 말이다.

참고로 예전에 이사나가 날라리 흉내를 낸 적이 있는데,
그 모델은 그녀였다고 한다. 역시 말끝마다『~거든?』같은
건 안 붙이네.

나는 붙임성 좋은 미소를 머금은 요시노를 올려다보며 말

했다.

"갑자기 남자를 이름으로 부르는 건 좀 그렇지 않을까? 괜히 친한 척한단 오해를 살걸?"

"뭐~? 괜찮잖아. 이리도라고 부르면 유메와 헷갈릴 수 있고, 이사나가 항상 『미즈토 씨』라고 부르는 게 머릿속에 새겨졌거든. ……아, 혹시……."

요시노는 고양이처럼 입술을 살짝 말아 올리더니, 놀리는 투로 말했다.

"이름으로 부르는 건 사랑하는 여친에게만 허락해 주는 거야? 우헤헤~! 애정 과시 쩌네요~!"

……참고로 그녀는 반에서도 나와 이사나를 툭하면 놀려댔다. 일단 평범한 친구 사이라고 설명하기는 했지만, 부정하면 할수록 상대방의 기운이 상승하기에 이미 포기했다.

"마음대로 해……. 괜히 착각한 남자애의 칼에 찔리지 않도록 조심하라고."

"충고 땡~큐~☆ 그런 것에는 익숙하니까 괜찮아~."

"화장실 갈 때 말고는 자리에서 일어나지 마라—!"

교사가 큰 목소리로 주의를 주자, 좌석에 무릎을 대고 서서 뒤편에 있는 우리를 쳐다보던 요시노는 「네~! 잘못했습니다~!」라고 말하더니, 머리 받침대 너머로 얼굴을 집어넣었다.

이 애에게 1년 동안 놀림 받았다고 생각하니, 이사나가 얼마나 고생했는지 짐작이 됐다……. 이사나로서는 오히려 도움이 됐을지도 모르지만 말이다.

그렇게 생각하며 옆을 쳐다보니, 마침 이사나의 머리가 내 어깨에 얹혔다.

"……쿠울…… 쿠울…….""

그러고 보니 일찍 일어나는 것에 익숙하지 않던가. 하도 소란스러워서 깜빡했다.

오키나와에 도착하면 밤까지 눈을 붙일 시간이 없을 테니, 이참에 실컷 재워 두자.

"……."

어딘가에서— 구체적으로는 미나미 양의 목소리가 들려오는 방향에서— 즉, 유메가 있는 방향에서 날카로운 시선이 날아오는 느낌이 들었지만, 지금은 눈치 못 챈 척을 하기로 했다.

이리도 유메 ◆ 오키나와 도착

"더워……."

나하 공항 도착 로비를 나서자, 갑자기 열기가 온몸을 휘감았다.

교토는 아직 시원한 날이 많지만, 이곳은 완전히 여름 날씨였다. 기온은 25도를 넘어서 30도에 다가서고 있었다. —왠지 바짝 마른 더위를 상상했지만, 평범하게 찌는 듯이 더웠다.

수학여행 첫날은 호텔에 도착하는 저녁때까지는 교복을 입고 행동하도록 되어 있다. 아직 하복으로 갈아입기 전인지라, 다들 긴 소매 와이셔츠 차림이었다. 지옥처럼 더운 것으로 유명한 교토의 여름에 단련된 라쿠로 고교 학생들도, 자동문을 나서자마자 비명을 지르며 셔츠 소매를 걷어 올리고 있었다.

"우헤~, 더워~! 선풍기 가져오기 잘했네~!"

조그마한 선풍기로 얼굴에 바람을 쐬면서, 아카츠키 양이 말했다.

"유메는 괜찮아~? 선풍기 빌려줄까?"

"모자 가져왔으니까 괜찮아. 양산이 더 좋겠지만, 부피가 크니까……."

"양산! 무지 어울릴 것 같아~!"

눈을 반짝이고 있는 아카츠키 양의 뒤편에서, 더위에 질린 듯한 히가시라 양과 미즈토가 모습을 보였다.

"잠에서 깬 직후에 이 더위는 너무 강렬해요……."

"준비 좀 하지 그랬어……. 일단 물 마셔."

미즈토가 히가시라 양을 보살펴 주고 있었다. 아까는 잠든 히가시라 양에게 어깨를 빌려줬고 말이다. 저러는 데도 사귀지 않는다는 건 여러모로 무리가 있었다. 뭐, 나도 히가시라 양과 알고 지낸 지 1년이나 되면서— 익숙해졌지만 말이다. 그래도 엄연한 연인으로서 보상을 요구할 권리는 있을 것이다.

문제는 단둘이 있을 시간을 확보할 수 있느냐, 인데…….

"조장, 집합~!"

선생님이 그렇게 외치자, 조장인 나는 종종걸음으로 선생님에게 갔다.

그리고 전달받은 것은 연락용 휴대전화기였다. 접이식이며, 전자계산기처럼 버튼이 잔뜩 달려 있었다.

"우와, 대박! 이거 피처폰이란 거지? 실제로 보는 건 처음 같아!"

옆에서 놀란 목소리로 그렇게 말한 이는 요시노 양이었다. 2학년 7반에는 다섯 개의 조와 다섯 명의 조장이 있으며, 그녀도 그중 한 명이다.

그녀는 좀 비싸 보이는 손목시계를 찬 손으로, 핸드폰을 만지작거리면서…….

"선생님~! 이거로 인스타 볼 수 있나요~?"

"당연히 못 보지. 그러라고 피처폰을 준비한 거다. 전화와 카메라, 지도는 쓸 수 있으니까 잘 활용해라. 대여한 거니까 망가뜨리지 말고 말이야."

"우헤~. 인스타도, TikTok도 못 보는 핸드폰을 어디 써먹으란 거야? 유메, 안 그래?"

갑자기 말을 걸어온 탓에 약간 놀랐지만, 그래도 나는 빈

틈없이 동감의 의미가 담긴 미소를 머금었다.

"맞아. 나도 평소에는 그런 용도로만 써."

"그렇지~? 하지만 카메라는 쓸 수 있으니까 됐어!"

요시노 양은 간단히 태도를 바꾸더니, 통통 튀는 듯한 발걸음으로 자기 조로 돌아갔다.

요시노 양은 아카츠키 양과 다른 타입의 밝은 사람이며, 그 전방위 무차별적으로 남에게 다가가는 면에는 항상 놀라고 만다. 중학생 시절의 나라면 절대로 가까워질 리가 없는 타입이지만, 내가 성장한 건지 요시노 양이 대단한 건지는 몰라도 다른 그룹인데도 평범하게 이야기를 나눌 수 있었다.

내가 조로 돌아가자, 아카츠키 양은 내가 들고 있는 휴대전화기에 관심을 보였다.

"우왓! 피처폰이네~! 처음 봐! 좀 만져 볼래, 만져 볼래!"

"그건 괜찮지만, 망가뜨리진 마."

아카츠키 양은 카와나미와 함께 신기하다는 듯이 피처폰을 만지작거렸다. 의외로 전자 장치 마니아인 걸까?

미즈토는 여전히 히가시라 양을 돌보고 있으며, 남은 한 사람— 아스하인 양은 조금 떨어진 곳에서 아무것도 하지 않으며 오키나와의 푸른 하늘을 응시하고 있었다.

아스하인 양과는 비행기에서 가까운 자리였지만, 결국 단 한마디도 이야기를 나누지 않았다. 미즈토에게 고백한 것……에 관해 은근슬쩍 물어보고 싶었지만, 대화의 계기조차 찾지 못했다. 이 애가 사랑을 하고 있다는 걸 미리 듣지 않았다면 상상조차 못 할 만큼, 보이지 않는 벽을 치고 있었다.

하지만… 머뭇거리기만 해서는 아무것도 할 수 없다. 수학여행은 이미 시작됐다.

다소 억지로라도 말을 붙여 보자. 그렇게 결심한 나는 아스하인 양을 향해 걸음을 내디뎠다.

"아스하인 양은 괜찮아? 모자 가져왔어?"

아스하인 양은 나를 힐끔 쳐다보더니, 시선을 돌리면서 말했다.

"걱정하지 마세요. 자외선 차단제를 발랐어요."

"……아, 그래……."

대화 종료.

전부터 생각한 거지만, 나는 절대로 탐정이 못 될 것 같다.

이리도 미즈토 ◆ 모방

점심을 먹은 후, 우리를 태운 버스는 평화 기념 공원으로 이동했다.

태평양 전쟁 때 벌어진 오키나와 전투에 관한 자료관과 전사자의 이름이 새겨진 위령비가 있는 곳이기에, 오키나와가 수학여행지로 선택된 핵심적인 이유 같은 시설이다.

몇십 개나 되는 네모난 위령비는 바큇살 형태로 배치되어 있었다. 그 사이를 지나고 있는 새하얀 바윗길을 걸으니, 감상에 젖는 것을 그다지 좋아하지 않는 나조차도 기분이 가라앉았다.

그 후에 자료관을 돌아보고, 미래를 짊어진 젊은이로서 이러쿵저러쿵 같은 세리머니를 끝낸 우리는 버스가 출발하는 시간까지 잠시 대기하게 됐다.

다른 애들이 주차장 근처에 있는 아동용 광장을 구경하러 간 가운데, 햇빛과 소음을 피해 먼저 버스에 탄 나는 챙겨 온 문고 서적을 펼쳤다.

이럴 때, 스마트폰만을 즐길 거리로 삼는 인간은 손해를 본다. 학교가 스마트폰 사용을 금지할지라도, 종이책을 읽는 것까지 금지하는 일은 좀처럼 없다.

……어쩌면 아침에 약속한 유메와의 시간을 만들 기회일지도 모르지만, 그녀는 아카츠키 양들에게 끌려서 어딘가로 가고 말았다. 이럴 때만은 음지의 인간이라 자유롭게 행동할 수 있었던 중학생 시절이 편했다는 생각이 들었다.

책을 보고 있을 때, 나밖에 없는 버스 안에 다른 인물이 탔다.

나는 신경 쓰지 않으면서 책의 글자에 집중하고 있었지만, 그 인물이 내 옆자리에 앉았기에 쳐다보지 않을 수 없었다.

그 사람은 바로 아스하인 란이었다.

다른 자리가 전부 비어 있는데도 일부러 내 옆자리에 앉

은 그녀는 갸름한 얼굴로 눈앞에 있는 머리 받침대를 쳐다
보며, 아무 말 없이 무릎 위에 손을 올려 뒀다.

뭔가 할 말이 있는 듯한 행동이지만, 아무 말도 하고 싶지
않은 듯한 분위기였다.

이대로 무시하는 것도 괜찮겠지만, 그녀의 의도를 올바르
게 파악하지 않았다간 유메의 인간관계에 화근으로 남을
가능성이 있다. 나는 어쩔 수 없이 페이지 사이에 손가락을
끼우며 책을 덮은 후, 아스하인의 얼굴을 쳐다보며 입을 열
었다.

"뭐 하는 거야?"

"좋아하는 사람의 옆에 앉고 싶어졌을 뿐인데요?"

마치 미리 준비해 둔 듯한 대사였다.

나는 한숨을 참으며 말을 이었다.

"포기할 생각은 없어?"

"그렇게 말했을 텐데요?"

"즉, 나를 유혹하고 있는 것으로 보면 될까?"

"그렇다고 할 수 있겠죠."

"……뭐, 좋아. 마음대로 해."

뜻대로 하게 두는 것도 방법이라고 생각한 나는 다시 책
을 펼쳤다.

한동안 페이지를 넘기는 소리만이 주위에 울려 퍼졌다.

"……."

"……."

아스하인은 말을 걸어올 생각이 없는 것 같았다.

곁눈질로 힐끔 쳐다보니, 몸이 딱딱하게 굳은 그녀는 눈빛이 흔들리고 있었다. 그 모습을 보면, 누구든 어떤 상황인지 짐작할 수 있을 것이다.

"……대시하는 방법을 모른다면, 모른다고 말하는 게 어때?"

"……으……."

거북한 표정을 지은 아스하인의 귀가 살짝 발그레해졌다.

고백했을 때 이후로, 가장 귀여운 반응을 보인 걸지도 모른다.

"저기, 아스하인."

아스하인의 얼굴을 옆에서 똑바로 바라보며, 나는 말했다.

"솔직히 말하겠는데, 나는 네 고백을 진심으로 여기지 않아. 다른 의도가 있다고 여겨. 네가 빨리 털어놓는다면, 나도 수학여행에 집중할 수 있을 것 같거든?"

좀 더 탐색전을 벌이게 되리라고 생각했지만, 나나 그녀나 그런 쪽으로는 적성이 없는 것 같았다. 그렇다면 솔직하게 질문할 수밖에 없다.

5초 정도 뜸을 들인 후, 아스하인은 대답했다.

"뭘…… 털어놓으라는 거죠? 저는 당신을 좋아하고, 당신과 사귀고 싶어요. 그게 전부예요."

"그 말을 믿는 건 무리 아닐까? 네가 언제, 내 어디를 좋아하게 됐는데?"

"그건……."

이번에는 10초 정도, 아스하인은 침묵을 지킨 후에 입을 열었다.

"당신이 그나마 가장…… 나아서예요."

"낫다고?"

"다른 남자들은 하나같이 멍청해서…… 도저히, 말이 통할 것 같지 않아요. 하지만 당신은 남자 중에서 성적이 가장 뛰어나고, 충동적으로 행동하는 타입 같지는 않아 보여요."

"……남친을 만들려고 하니, 나 말고 다른 선택지가 없었다는 거야?"

"그……래요."

"이상한 이야기인걸. 마치 남친을 꼭 만들어야 하는 이유가 있는 것 같잖아."

아스하인은 입술을 꼭 깨물었다.

"부모님이 약혼이라도 시키려고 해? 그걸 없었던 일로 만들려고 연인 행세를— 같은 거라면 협력해 줄 수도 있어."

"그럴 리가 없잖아요. 저희 집은 일반 가정이에요."

내 농담에 진지하게 대답한 아스하인은 내 얼굴을 노려보듯 주시했다.

"제가 그렇게 마음에 안 드나요? 제 어디가 부족한 건지 말해 주세요."

"그러니까 말했지? 나는 이미 사귀는 상대가 있어."

"히가시라 양 말인가요? 그렇다면, 저도 당신의 수요를 충족시킬 수 있다고 생각하는데 말이죠."

아스하인은 자신의 풍만한 가슴 위에 손을 얹으면서 그렇게 말했다.

나는 미간을 찌푸리면서 그녀의 커다란 눈동자를 응시했다.

"너한테 할 말이 세 개 있어."

"……뭐죠?"

"첫 번째, 이사나와는 평범한 친구 사이야. 두 번째, 내 친구의 장점이 가슴뿐이라는 투로 말하지 마."

"……평소에 히가시라 양 본인이 자주 그렇게 말했던 것 같은데 말이죠."

"본인 말고 다른 사람이 그런 말을 하면 안 돼."

세 번째, 하고 나는 이어서 말했다.

"유메에게 들었는데, 너는 남이 자기를 그런 식으로 보는 걸 가장 싫어하는 것 아니었어?"

아스하인은 어릴 적에 남자에게 놀림을 받은 바람에 남자를 싫어하게 됐다고 들었다―.

자기 몸매를 싫어하는 타입이리라. 그런데도 자기 가치는 그것뿐이란 말을 하며 남자를 유혹하다니, 그녀답지 않은 행동이다.

내 지적을 들은 순간, 아스하인은 의기소침하며 고개를

푹 숙였다.

"그……래요. 그 말이 맞아요."

"나는 너에 대해 잘 모르지만, 방금 행동이 너답지 않다는 건 알아. 그 이유를 말해 달라는 거야. ―너한테 피해가 가게 할 생각은 없어."

"……저답다는 게……."

아스하인은 기어 들어가는 목소리로 말을 이었다.

"그게 뭔지…… 이제 모르겠어요……."

절실하고, 호소하는 듯하면서, 마치 미아 같은…….

그 고백 이후로, 나는 처음으로 그녀의 목소리를 들은 듯한 느낌을 받았다.

"……잠시, 실례해도 될까요?"

내가 대답하기도 전에, 아스하인은 내 어깨에 기댔다.

머리를 베개에 얹는 듯한― 비행기에서 이사나가 했던 것처럼 말이다.

이사나를 흉내 내고 있다는 것을, 곧 눈치챘다.

"이성에게 다가가면…… 가슴이 뛴다나 봐요."

내 어깨에 머리를 얹은 채, 아스하인은 말했다. 나는 그 감촉을 어깨로 느끼면서 「보통은 그렇지」라고 대답했다.

"당신은 지금, 가슴이 뛰고 있나요?"

그녀에게 있어서 중요한 질문일 것이다.

그래서 나도 솔직하게 대답했다.

“안 뛰어. 내 가슴을 뛰게 만드는 사람은 이미 정해져 있거든.”

이사나를 통해 이런 행동에 익숙해진 내가 이 정도로 동요할 리가 없다.

무엇보다, 나를 마음에 두고 있지도 않은 상대의 유혹에 넘어갈 만큼 순수하지 않다.

“그런가요……”

왠지 아쉽다는 듯이, 한편으로 안도한 듯이, 아스하인은 그렇게 중얼거렸다.

그녀는 뭔가를 숨기고 있다.

그것은 명백하지만, 아마 나 따위는 알아낼 수 없을 만큼 그녀의 마음속 깊은 곳에 숨겨져 있는 듯한 느낌이 들었다.

“─다니깐~!”

바로 그때, 소란스러운 목소리를 들은 아스하인이 튕기듯 내 어깨에서 머리를 뗐다.

잠시 후, 버스에 탄 이는 요시노 야코와 그녀의 친구 두 사람이었다.

세 사람은 내 옆에 앉아 있는 아스하인을 보고 움찔하더니, 요시노를 선두에 세우면서 다가왔다.

“어~? 란이잖아~!”

말투는 밝지만, 왠지 차가운 느낌이 감돌았다.

“거기는…… 란의 자리가 아니지 않아?”

세 사람의 시선이 아스하인을 꿰뚫었다.

아스하인은 요시노의 얼굴을 잠시 올려다보며 시선을 마주하더니…….

"……그렇죠. 실례했어요."

그렇게 말하면서 바로 자리에서 일어났다.

그렇게 나한테서 떨어진 아스하인은 다른 창가 자리로 이동했고, 요시노 일행은 다시 수다를 떨면서 가장 뒤편의 자리로 이동했다.

……버스 자리는 지정석이 아닌데 말이야.

내가 모르는 곳에서 무슨 일이 일어나고 있다. ―그런 확신이 들었다.

이리도 유메 ◆ 이성이 곁에 없으면 느슨해진다

첫날 숙박 장소는 고급스러운 리조트 호텔이었다. 선생님이 미리 카드키를 조별로 나눠 준 후, 지하 1층의 단체용 입구를 통해 안으로 들어갔다. 널찍한 로비는 결혼식장처럼 넓은 연회장으로 이어져 있는 것 같았다. 아마 저녁 식사 장소일 것이다.

현재 시각은 오후 다섯 시 정도다. 저녁 식사 전에 짐을 방에 두고, 교복에서 사복으로 갈아입어야 한다. 이것은 학생회 활동을 통해 안 것이지만, 호텔 측에서 교복 차림으로 내부를 돌아다니는 것을 금지한 것 같았다.

그래서 다들 엘리베이터를 타고 위로 올라갔다. 우리들 7조 여학생의 방은 7층이었다. 4인 1조로 방을 쓰며, 이 조의 여자애는 딱 네 명이기에 그대로 룸메이트가 됐다. 그러니까 나, 아카츠키 양, 히가시라 양, 그리고 아스하인 양, 이렇게 네 명이 말이다.

내가 카드키를 입구 옆의 카드 스위치에 밀어 넣자, 팟 하면서 방에 불이 들어왔다. 커다란 침대가 두 개씩 마주 보며 배치된 방이었다. 안쪽에는 나하 시의 풍경이 한눈에 들어오는 창문이 있었다.

"휴우…… 더웠어요……."

히가시라 양이 침대 옆에 가방을 내려놓더니, 그대로 침대에 벌러덩 쓰러졌다. 카드키를 꽂은 순간에 에어컨도 켜졌기에, 그 바람을 온몸으로 느끼고 있는 것 같았다.

이어서 아카츠키 양이 들뜬 목소리로 말했다.

"침대 크네! 저기, 누가 어느 걸 쓸 거야~? 나, 유메의 옆 침대 쓸래~♪"

"으음……. 정조가 위험할 것 같으니까 싫어."

"너무해! 그러면 히가시라 양의 옆 침대!"

"아…… 흑심이 느껴지니까 싫어요."

"두 사람 다 나를 뭐로 보는 거야?!"

나는 웃으면서 히가시라 양이 대자로 누운 침대 옆에 짐을 뒀다. 자연스럽게 아카츠키 양은 아스하인 양의 옆 침대를 쓰게 됐는데, 아무리 아카츠키 양이라도 아스하인 양을 건드릴 만큼 짐승은 아닐 것이다. 처음 만났을 때, 아스하인 양의 가슴을 주무르긴 했지만…….

내가 침대에 걸터앉아서 한숨을 돌리고 있을 때, 온몸으로 에어컨의 바람을 쐬던 히가시라 양이 나를 향해 몸을 돌렸다.

그리고 표정을 바꾸지 않으며 말했다.

"……유메 양이 바로 옆에서 잔다니…… 왠지 음란하네요."

"……역시 아스하인 양의 옆자리를 쓸래."

"성희롱해서 죄송해요! 미나미 양에게 정조를 잃고 싶지 않으니까, 거기 있어 주세요!"

"지금 확 빼앗아 줄까?!"

아카츠키 양이 엄청난 도약력으로 히가시라 양을 향해 몸을 날리더니, 그녀의 풍만한 가슴에 얼굴을 묻었다. 히가시라 양은 「끄아~! 커지겠어~!」라면서 영문 모를 비명을 질렀다.

"노닥거리는 것도 좋지만, 두 사람…… 먼저 씻지 그래?"

커다란 가슴에 얼굴을 묻고 희희낙락하는 아카츠키 양과 가슴을 조물조물 당하며 몸부림치고 있는 히가시라 양에게, 나는 그렇게 말했다.

"땀 흘렸잖아? 그대로 누우면 시트가 더러워질 거야."

"아, 그건 그래~. 나도 씻고 싶어."

그렇게 말한 아카츠키 양은 히가시라 양에게서 떨어지지 않더니, 완전히 제압한 그녀를 쳐다보며 히죽 웃었다.

"히가시라 양. 옷 벗겨 줄까?"

"네……?"

히가시라 양이 당황한 사이, 아카츠키 양이 그녀의 옷 단추를 하나 풀었다.

그러자 교복에 감춰져 있던 히가시라 양의 가슴 윗부분이 훤히 드러났다.

"잠깐…… 자, 잠깐 스톱! 스톱이에요! 이거 왠지 야하거든요?!"

"벗긴다~? 벗겨 버린다~? 어떤 브래지어를 하고 있으려나~?"

"발딱 섰어요! 발딱 섰다고요! 마음속의 (자율 규제)가요!"

여자애의 입에서 나와도 될 단어가 아니었기에, 나는 얼굴을 살짝 붉혔다. 주위에 남자가 없어지자마자 이러는 거야?!

"그래서 뭐! 빌어먹게 음란한 몸뚱이를 지닌 주제에~!"

"하, 하다못해 상냥하게……!"

"거기 두 사람! 신난 건 알겠지만, 상스러운 말 좀 자제해! 아스하인 양도 있거든?!"

히가시라 양과 아카츠키 양은 동시에 나를 쳐다보더니, 작은 목소리로 쑥덕거리기 시작했다.

"(순진한 척하기는~. 자기가 가장 익숙하면서 말이야. 안 그래?)"

“(맞아요. 매일 물고 빨고 다하면서 말이에요. 부럽다니까요…….)”

“거기! 다 들리거든?!”

내가 베개를 던지자, 두 사람은 꺄아~ 하고 즐거운 듯이 비명을 질렀다.

아스하인 양쪽을 힐끔 쳐다보니, 아무래도 방금 그 말은 들리지 않았던 것 같았다. 자기와는 상관없는 일이라는 듯이 교복 셔츠를 벗더니, 손수건으로 가슴 계곡을 닦고 있었다.

“우와……. 저와 마찬가지네요…….”

그 모습을 본 히가시라 양이 상체를 일으키며 말했다.

“거기에 땀이 찬다니까요……. 내버려두면 가렵고요…….”

아스하인 양이 그 말에 반응하며 히가시라 양을 돌아봤다.

“……그래요. 여름에는 성가시죠.”

“하복으로 교복을 바꾸면 브래지어가 비치고요.”

“그렇다고 안에 티셔츠를 입으면 이번에는 더워서…….”

“맞아요, 맞아요! 땀이 더 난다니까요!”

그 대화를 들은 아카츠키 양이 부들부들 떨기 시작했다.

“글래머가…… 글래머가 소통하고 있어……! 땀이 찬다는 게 무슨 소리야?! 그런 현상 일어난 적 없거든?! 유메도 그렇지?!”

“……미안해, 아카츠키 양. 나도 이해가 돼…….”

"으갸~! 이 방에는 왕가슴밖에 없는 거냐! ……천국이네?"

아카츠키 양은 가슴 크기에 콤플렉스가 있다기보다, 단순히 큰 가슴을 좋아할 뿐이잖아.

……그건 그렇고 아스하인 양은 아무렇지 않게 히가시라 양과 이야기를 나누네. 역시 나만 피하는 걸까, 아니면 히가시라 양에게 공감되는 부분이 있는 걸까…….

나는 짐에서 갈아입을 옷을 꺼내서 침대 위에 둔 후, 교복 셔츠를 벗었다. 히가시라 양이 말한 것처럼, 얇은 하복을 입으면 속옷이 비쳐 보인다. 하지만 그 점에도 대비했다. 나는 오늘도 잘 비치지 않는 색깔의 속옷을 입었다. 나흘간 입을 속옷을 전부 그 점을 고려해 골랐다.

다른 여자애에게 놀림을 받지 않도록, 디자인도 심플한 것을 골랐다. ……심플하지 않은 것도 있냐면…… 뭐, 그러니까…… 있긴 했다.

"우왓! 저기, 여기 좀 와 봐!"

샌드베이지 색상의 블라우스와 흰색 롱스커트로 갈아입었을 때, 속옷 차림으로 창가에 서 있던 아카츠키 양이 나를 향해 손짓했다.

나는 옷을 갈아입고 있는 히가시라 양의 옆을 지나면서 아카츠키 양에게 다가갔다.

"아카츠키 양…… 그런 모습으로 창가에 서면 안 돼."

"이렇게 높은 곳을 대체 누가 보겠어! 그것보다 아래 좀 봐!"

아카츠키 양의 옆에 서서 창 아래편을 쳐다봤다.

이곳에서 4층 정도 아래에 푸른색으로 빛나는 풀장이 있었다. 그 옆에는 바비큐 테라스가 있는 것 같았다.

"풀장이야, 풀장! 진짜 리조트 온 것 같지 않아?!"

"우리는 못 들어가지만 말이야. 설명 들었잖아?"

"뭐~? 진자 쪼잔하네. 모처럼 수영복 가지고 왔는데~."

"해양 체험 코스를 선택한 사람만 말이야."

수영복이 필요한 건 우리를 비롯해 해양 체험 코스를 선택한 학생뿐이며, 다른 학생은 수영복을 가져오지 않았을 것이다.

"아깝네~. 밤에 가면 진짜 끝내줄 거야~. 야경이 보이는 풀장이잖아~."

"뭐, 데이트로 왔다면 가 보고 싶긴 해……."

하지만 수학여행으로 온 만큼, 저런 세련된 풀장에 갈 기회는—.

"—아, 그래."

"유메?"

"미, 미안해. 아무것도 아냐."

수학여행으로 온 만큼, 저렇게 세련된 풀장에 갈 기회는 없다.

즉, 저기서라면— 남들의 눈길을 신경 쓰지 않으며, 미즈토와 만날 수 있지 않을까?

내 방의 동거인은 카와나미, 그리고 이야기를 나눈 적이 거의 없는 학생 두 명이었다. 이 두 사람은 카와나미가 다른 반에서 데려온 멤버이며, 그 선정 기준을 물어보니…….

"그야 물론 여친 있는 애야. 여러모로 융통성 있게 행동하려면, 여친 있는 애와 같은 방을 쓰는 편이 좋잖아~?"

……라고 말했다. 좀 기분 나쁘다는 생각이 들었지만, 확실히 나로서도 그편이 낫기에 별말 할 수 없었다.

그리고 오후 일곱 시부터는 저녁 식사였다. 연회장에 가 보니 조별로 앉은 테이블에 구운 고기와 찐 생선과 밥이 줄지어 놓여 있었으며, 그것을 덜어서 먹는 것 같았다.

가장 많이 먹은 사람은 역시 카와나미이며, 그에 버금갈 만큼 많이 먹은 건 뜻밖에도 미나미 양이었다. 저 조그마한 몸의 어디에 저 많은 음식이 들어가는 건지 불가사의했지만, 유메가 함부로 그 점을 가지고 한 마디 하자, 「나야말로 알고 싶거든?!」라면서 발끈했다.

저녁 식사를 마쳤으니, 이제는 목욕하는 것 말고는 할 일이 없다. 불을 끄는 밤 열 시까지는 자유 시간이나 다름없다. 단체로 목욕하는 게 아니라 객실의 욕실에서 개인적으로 씻는 만큼, 시간을 신경 쓸 필요도 없다.

하지만 모처럼 수학여행에 왔는데 방에 틀어박혀 지내는

것도 아쉬운 느낌이 들었기에, 유메와 몰래 만날 자리를 찾을 겸 호텔 안을 둘러보자고 생각한 바로 그때였다.

"—안 그래?"

연회장이 있는 지하 1층의 엘리베이터 홀에서, 여자애들의 이야기 소리가 들려왔다.

멀찍이서 살펴보니, 눈에 익은 인물— 아스하인이 여자애 세 명에게 둘러싸여 있는 것 같았다.

유심히 보니, 그 세 여자애 중 한 명은 요시노 야코였다. 끝자락이 짧은 캐미솔 같은 것과 속옷이나 다름없는 핫팬츠 차림으로, 배와 허벅지를 대담히 드러내는 패션을 할 사람은 이 학교에는 그녀뿐이다. 남은 두 사람은 평소 그녀와 자주 함께 다니는 이들— 좋게 말하면 친구, 나쁘게 말하면 들러리였다.

요시노의 그룹이 일방적으로 말을 늘어놓고 있으며, 가시 돋친 듯한 목소리가 내 귀까지 전해졌다.

"분위기 파악 좀 해~. 다들 지켜봐 주고 있는데~."

"맞아. 새치기는 진짜 아니잖아. 혹시 자기야말로 어울린다고 생각해? 그건 아니지~."

……단순한 수다는 아닌 것 같네…….

요시노 그룹은 마치 상사가 부하에게 설교하는 듯한 태도이며, 아스하인은 그 말을 묵묵히 듣고 있을 뿐이었다. 불쾌한 광경이지만, 도와주러 나설 만큼 정의감이 강하지는 않았다. 게다가 무슨 이야기를 나누고 있는 건지도 몰랐다.

하지만 내가 도와주러 나서기도 전에, 요시노가 「그만해」라고 말하며 다른 두 사람을 달랬다.

"두 사람 다 너무 그러지 마~. 란은 감정이 좀 폭주했을 뿐일 거야~."

"뭐~? 하지만 용서할 수 없지 않아? 히가시라 양을 생각하면 말이야~."

……히가시라?

혹시…… 우리 이야기를 하는 건가?

"그야 새치기는 좋지 않지만, 이제부터 조심하면 되는걸. 그렇지? 란."

요시노는 아스하인의 어깨에 손을 얹으면서 밝은 목소리로 그렇게 말하더니, 아스하인의 귓가로 슬며시 입을 가져갔다.

"————————."

"……!"

방금…… 요시노의 뒤편에 있는 여자애 두 사람은 눈치 못 챈 것 같지만, 옆에서 보고 있던 내 눈에는 그녀가 아스하인에게 귓속말하는 모습이 보였다.

그리고 아스하인은 그 말을 듣더니, 눈을 살짝 치켜뜨며 놀란 듯한 표정을 지었다.

요시노는 아스하인에게서 떨어지더니, 미소를 지으면서 자기 친구 두 사람을 돌아봤다.

"위층으로 올라가자~. 편의점 가고 싶지 않아?"

그리고 엘리베이터의 버튼을 누르자 곧 문이 열렸고, 세 사람은 그대로 모습을 감췄다.

남겨진 아스하인 또한 다른 엘리베이터를 타고 사라졌다.

이야기로 추측해 볼 때…… 이사나와 사귄다고 소문난 나에게 아스하인이 꼬리를 쳤기에, 그것을 견제한 것인가.

이야기로만 들었던, 여자들 간의 집단적 자위권 행사다. 3 대 1로 포위하니 음습한 이미지가 감돌지만, 카와나미와 미나미 양이 나와 유메를 노리는 이들을 은밀히 박살 내고 다닌 것과 별반 다르지 않다.

아스하인이 저런 위험 부담을 안으면서까지, 왜 나에게 고백한 것일까.

게다가 요시노가 몰래 한 귓속말은……? 무슨 말을 들었기에, 아스하인이 놀란 것일까?

……작년의 나는 유메와 이사나 말고는 생각할 여유가 없었다.

그녀들과의 일이 일단락되면서, 다른 일에 눈길을 보낼 여유가 생긴 것은 좋지만…… 아무래도 학교란 장소는 생각보다 복잡한 것 같았다.

"아, 여기 있었구나."

그 목소리를 듣고 고개를 돌려보니, 연회장 쪽에서 유메가 종종걸음으로 다가오고 있었다.

유메는 교복에서 모래 색깔 블라우스와 발목까지 감싸는 치마 차림이었으며, 요시노와 비교하니 과할 정도로 청초해 보였다.

"정말. 너란 애는 틈만 나면 어딘가로 사라져야 직성이 풀리는 거야?"

연회장에 너무 오래 머무르지 말라고, 교사가 주의를 줬는데 말이다.

"하아. 역시 제대로 약속을 해 둬야겠어."

"약속이라니—."

그 순간, 유메는 슬쩍 나에게 기대면서 즐거운 목소리로 속삭였다.

"(아홉 시에, 3층의 풀장에서 봐.)"

그 말을 듣고, 바로 감이 왔다.

수학여행을 온 우리는 풀장을 이용할 수 없지만, 출입까지 금지된 것은 아니다. 불을 끄기 한 시간 전이면 대부분의 학생은 객실에서 잠자리에 들 테니, 남들의 눈길을 신경 쓸 필요도 없다.

"(……알았어. 아홉 시에 보자.)"

미소를 머금으며 고개를 끄덕인 유메는 그대로 떨어지면서 「그럼 잘 자」 하고 손을 흔들며 말한 후, 연회장으로 돌아갔다.

정말 빈틈이 없어졌다. 그 성실하던 아이가 말이다.

즐거운 일이 늘었다는 사실에 기뻐하며, 나는 자기 방으로 향했다.

이리도 유메 ◆ 흑심은 의외로 들통나기 마련

같은 방을 쓰는 이들과 함께 객실로 돌아온 후, 나는 입을 뗐다.

"목욕 순서, 어떻게 할래?"

침대에 걸터앉아 있던 히가시라 양이 고개를 갸웃거렸다.

"벌써 들어갈 건가요? 소등 시간까지 아직 꽤 남았는데요."

"으음……."

아카츠키 양이 가방에서 수학여행 안내서를 꺼내서 확인했다.

"밤 열 시니까, 두 시간 넘게 남았네."

"그렇기는 한데, 넷이 한 명씩 차례차례 씻으려면 시간이 촉박하지 않을까?"

한 사람당 30분씩이라고 생각하면 딱 두 시간 걸린다. 그러면 소등 시간 직전에 다들 목욕을 마치게 되는 것이다.

아카츠키 양은 쳇 하고 혀를 찼다.

"시간을 촉박하게 만들어서 둘이 함께 목욕할 생각이었는데……."

“여기 욕실은 꽤 넓지만, 흑심이 있는 애와 같이 씻는 건 싫어.”

4인실이라 그런지, 화장실과 욕실이 따로 있었다. 욕조만이 아니라, 따로 샤워하는 것도 당연했다.

바로 그때, 히가시라 양이 손을 척 들었다.

“저기, 선생님! 흑심이 없으면 괜찮나요?!”

“그 질문을 한 시점에 흑심이 있는 것으로 간주하겠어요.”

“네······.”

······그리고 히가시라 양 상대로는 내가 흑심에 사로잡힐지도 모른다. 저 가슴은 몇 번을 봐도 장난 아니니 말이다······.

“저는 나중에 씻겠어요.”

아스하인 양이 그렇게 말했다.

“목욕은 짧게 하는 편이고······ 머리도 금방 말리니까요.”

확실히 아스하인 양은 우리 중에서 가장 머리카락이 짧다. 소등 직전에 목욕할 때의 가장 큰 문제점은 머리카락을 말릴 시간이 없다는 것이니, 아스하인 양이 마지막으로 씻는 게 합리적이리라.

“그럼 내가 가장 먼저 씻어도 돼?”

그 말에 편승하듯, 나는 제안했다.

“머리 감고 말리는 데 시간이 걸리거든. 아홉 시 지나서 씻으면 늦을 것 같으니까······.”

그렇다. 돌아오자마자 이 이야기를 한 이유가 바로 이것이다. 미즈토와 만나기로 약속한 아홉 시에 풀장에 가기 위해서는 지금 바로 목욕해야만 하는 것이다.

하지만 사실대로 전부 털어놓는 것은 좀 그랬기에, 시간이 걸릴 테니 다들 빨리 목욕을 시작하자는 식으로 둘러댔다.

의도한 대로 됐다. 아무도 나를 의심하지 않을 것이다…….

마음속으로 의기양양한 웃음을 흘리고 있을 때, 아카츠키 양과 히가시라 양이 미심쩍은 눈길로 나를 쳐다봤다.

"그건 괜찮은데……."

"뭔가 있는 건가요……? 서둘러 목욕해야만 하는 이유가……."

왜 이렇게 감이 좋은 거야?!

아카츠키 양은 질렸다는 듯이 한숨을 내쉬었다.

"뭐, 좋아. 아홉 시부터 다른 예정이 있나 보네? 그러면 나는 유메가 목욕하는 사이에 다른 반 친구의 얼굴이라도 보러 가야지. 두 사람은 어쩔 거야?"

"저는…… 건물 안을 둘러볼래요. 멋진 호텔이니까……. 쓸 만한 로케이션이 있을 것 같아요."

"……저는……."

아스하인 양이 입을 열었다.

"방에 있겠어요. 공부에 필요한 것들을 챙겨 왔으니까요."

"우헤~. 수학여행 와서도 공부하는구나~."

말없이 참고서를 꺼내는 아스하인 양을 향해, 나는 미소

지으며 말했다.

"역시 전교 1등이야."

"……아뇨."

역시 아스하인 양은 내 말에 제대로 답해 주지 않았다.

이리도 미즈토 ◆ 단둘일 때만 보여 주는 얼굴

탈의실을 지나서 풀장에 가자, 그곳의 야경을 독차지할
수 있었다.

다른 사람은 한 명도 없었다. 입구에 붙어 있는 종이에 따
르면 수영 시간은 오후 아홉 시까지이며, 옆에 있는 바비큐
테라스도 마지막 주문 시간이 끝난 것 같았다. 그래서 오후
아홉 시인 현재 이 풀에는 나 말고는 아무도 없었다.

풀장으로 이어지는 나무 갑판에는 누군가가 지나간 흔적
인지 물방울 두 줄기가 떨어져 있었다. 그것을 피해 나아간
나는 풀장 근처에 있는 파라솔 아래로 들어갔다.

파라솔 아래에는 새하얀 비치 체어가 있었다. 나는 거기에
걸터앉아서 야경에 녹아들어 있는 듯한 풀장을 응시했다.

이 풀장은 건물 가장자리에 설치되어 있다. 풀장과 하늘
의 경계를 언뜻 봐서는 알아볼 수 없으며, 풀장의 수면과
야경이 일체화된 것처럼 보이게 되어 있었다.

나는 싱가포르의 마리나 베이샌즈를 떠올렸다. 전에 어디

서 봤는데, 그 빌딩 위에 커다란 배가 놓인 호텔에도 이런 풀장이 있는 것 같았다.

풀장은 라이트업이 되어 있어서, 수면에 비친 야경이 눈부시게 반짝이며 좋은 분위기를 자아내고 있었다. 그리고 파라솔 아래에 있으면, 등 뒤에 존재하는 호텔의 상층부에서 자신을 볼 수도 없다.

풀장에서 노는 게 금지일 뿐, 근처에서 구경하는 것까지 금지되지 않았다고는 하지만…….

"잔머리 좀 굴리는걸……."

"누가 말이야?"

목소리가 들려오더니, 뒤편에 있던 유메가 내 어깨 너머로 얼굴을 내밀었다.

나는 약간 놀라면서 몸을 살짝 젖힌 후…….

"뭐야……. 벌써 왔구나."

"나는 시간을 지키는 타입이거든. 너야말로 빨리 왔네. 혹시 고대했던 거야?"

유메가 심술궂은 미소를 머금자, 나는 당당히 말했다.

"당연하지. 기다릴 수 없을 정도였어."

그러자 유메는 재미없다는 듯이 입술을 삐죽 내밀었다.

"네가 그렇게 말하니 거짓말 같아……."

"너무한걸. 성실하게 애정을 표현한 남친한테 너무한 거 아냐?"

"이제 와서 캐릭터 바꿔 봤자 이상하거든?"

옆으로 좀 비켜, 란 말을 듣고 내가 비치 체어 위에서 옆으로 물러나자, 유메는 내 옆에 걸터앉았다.

비치 체어의 발쪽— 직사각형의 짧은 변 쪽에 둘이 나란히 앉자, 공간이 좁은 탓에 어깨가 밀착됐다.

너무 좁은 탓에, 나는 자기 어깨를 유메의 뒤편으로 옮기면서 그녀의 엉덩이 뒤편을 손으로 짚었다. 마치 허리를 끌어안는 듯한 자세지만, 한밤중에 밀회를 즐기는 남녀로서는 적절한 거리이리라.

유메도 어리광을 부리듯 나에게 몸을 기대더니, 야경에 녹아들어 있는 풀장을 응시했다.

"아름다워……."

하늘에는 맑은 별하늘, 땅에는 찬란한 야경— 그리고 양쪽이 다 수면에 비치고 있는 수영장.

마치 보석을 박아 놓은 듯한 그 광경에, 유메의 커다란 눈동자가 빨려 들어갔다.

내가 아무 말 없이 그 모습을 잠시 지켜보자, 이윽고 그 눈동자가 내 쪽을 향했다.

"……시시한 소리를 하려는 건 아니지?"

의심에 찬 눈초리였다.

나는 그 기대에 부응하기로 했다.

"네가 더 아름다워."

“그거 봐! 그 말 할 줄 알았다니깐!”

“진짜거든?”

그렇게 말한 나는 크큭, 하고 억눌린 웃음을 흘렸다.

그렇게 생각한 건 사실이지만, 너무 거짓말 같다고 나 또한 생각했다.

웃음의 파도가 잦아들자, 나는 다시 눈부신 세계를 응시하며 혼잣말하듯 밀했다.

“……솔직히 말이야. 이렇게 수학여행을 즐기게 되는 날이 올 줄은 몰랐어.”

“즐기고 있어? 혼자 사라져서 책만 보는 것 같던데…….”

유메가 흘겨보며 그렇게 말하자, 나는 이번에야말로 진심을 담아 말했다.

“네가 있어서야. ……이야기를 나눌 기회는 없더라도, 네가 곁에 있다고 생각하면 기분이 즐거워져.”

유메는 볼을 붉히더니, 어떤 반응을 보이면 좋을지 모르겠다는 듯이 눈빛이 흔들렸다.

“뭐, 뭐야……. 너, 언제부터 이런 멋들어진 소리를 다 하게 된 건데?”

“반성했거든. 중학생 때를 돌이켜 보면서 말이지. 아무리 애정이 진심일지라도, 그것을 전하려 하지 않는다면 오랫동안 지속되지 않는다……. 나는 이제까지, 말이 너무 부족했다고 생각해.”

진짜로…… 이건, 작년 한 해를 통틀어 보면서 하는 말이다.

말을 안 해도 마음이 통하는 관계 또한, 편하고 좋았다.

하지만 그런 관계가 오랫동안 지속될 리가 없다. 그녀와의 관계를 계속 이어 가고 싶다면, 말로 표현하는 것을 거추장스럽게 여겨선 안 된다.

다시 사귀기로 결심했을 때, 둘이 진지한 이야기를 나눴을 때…… 그 점을 눈치챘다.

그래서 나는 멋있는 척 말을 아끼는 것을 관뒀다. 그렇다. 내가 멋있는 척을 한 시기가 있다면, 그것은 아마 작년이리라.

"……정말, 세상일이라는 건 알다가도 모르겠어. 작년 이맘때는 두 번 다시 연애를 안 하겠다, 연애 따윈 바보들이나 하는 거다라고 생각했다니깐."

"맞아."

유메는 그 시절을 그리워하듯 미소를 머금었다.

"연애에 빠져 사는 사람들을 깔봤는데…… 이제 와서 부메랑이 되어서 돌아왔네."

"그래서 인간은 교제와 작별을 되풀이하는 거겠지."

"응. ……작별을 되풀이할 생각은 없지만 말이야."

"다들 마찬가지 아닐까?"

"우리는 어때? 알면서도 되풀이하는 다른 사람과 같아?"

"나는 그 정도로 자기가 바보라곤 생각 안 해."

나름 각오를 했다. 유메 또한 마찬가지일 것이다.

두 번 다시 같은 일을 반복하지 않겠다. —우리가 다시 사귀는 것은 그런 각오를 다졌기 때문이다.

후후, 하고 유메가 웃음을 흘렸다.

"물론 나는 네가 우리 학교에서 가장 머리가 좋다고 생각해."

"그건 좀 거짓말 같은데……."

"순간적인 이야기야. 학교에서 가장 귀여울 때도 있거든?"

"……별일도 다 있는걸. 음담패설이야?"

"짚이는 구석이 있나 보죠~?"

"그건 피차일반 아닐까?"

"가장 멋질 때도 있으니까 안심해."

유메는 부드러운 표정으로 나에게 기대더니, 장난스레 나를 올려다보았다.

내가 유메의 가느다란 허리를 가볍게 끌어안자, 유메는 또 살며시 웃었다.

"네가 이렇게 밝히는 애란 건, 네 여친이 안 됐으면 몰랐을 거야."

"그러는 네가 밝히는 애란 것도, 네 남친이 안 됐다면 알 수 없었겠지."

"누구누구 씨가 나를 밝히게 만든 거잖아?"

"실은 원래부터 그랬던 거 아냐?"

"나는 청초한 편이었거든? 여자들끼리 모여 있을 때의 음담패설이 얼마나 장난 아닌지 알긴 해?"

히가시라 이사나의 이야기란 생각이 들었지만, 다른 여자애의 이름을 언급할 타이밍은 아니려나.

"청초라……. 그런 이미지는 다시 사귀기 이전부터 없었는데 말이야."

"나도 네가 쿨하단 이미지는 없었으니까, 피장파장 아냐?"

"쿨하다고 자칭한 적은 없는데……."

"그러니 쿨하다고 하는 거야! 너는 키스 좀 하면 바로 흥분해서 달려드는 견공이잖아?"

그 말에 약간 울컥했지만, 유메는 도발하듯이 히죽거렸다.

"아니라면 증명해 보지 그래? 내가 틀렸다는 걸 말이야."

……이러니까 청초하지 않다는 거라고.

"바라는 바야."

나는 그렇게 말하면서 유메를 향해 얼굴을 내밀었다.

유메는 그런 나를 받아들이듯, 눈을 감았다.

그리고 입술을 포개자, 유메의 익숙한 감촉이 느껴졌다.

몇 초 동안의 키스 후, 유메는 눈을 뜨면서 말했다.

"……어때?"

"……."

내가 한동안 침묵에 잠기자, 이번에는 유메가 내 말을 막듯 입술을 포갰다.

아까보다 진한 입맞춤이 끝난 후, 유메는 요염한 미소를 머금으며 속삭였다.

“집에 돌아갈 때까지 기다려. 알았지?”

―그 순간, 근처에서 부스럭거리는 소리가 들려왔다.

이리도 유메 ◆ 사람 그림자

““……?!””

나와 미즈토는 화들짝 놀리며 돌아봤다.

소리가 들려온 방향― 호텔 건물의 벽 쪽에는 구체 형태로 손질해 놓은 관목 식물로 꾸민 화단이 있었다. 그 뒤편에서 방금― 사람 그림자 하나가 재빨리 풀장 입구 쪽으로 도망치고 있었다!

“누, 누구야?!”

놀라서 고함을 질렀지만, 상대는 풀장을 빠져나가더니 그대로 호텔 안으로 들어갔다.

보, 본 거야……?

아니, 훔쳐봤어?!

나와 미즈토의 방금 행위를……?!

내가 얼이 나가 있는 사이, 미즈토는 재빨리 움직였다. 그 그림자를 쫓아서 풀장 입구로 뛰어갔다. 나도 뒤늦게 그 뒤를 쫓았다.

건물 안에 들어가 봤지만, 도망친 상대는 이제 보이지 않았다. 복도 끝에는 남자 탈의실과 여자 탈의실로 나뉘어 있었다.

미즈토는 나를 돌아보며 고개를 끄덕이더니, 남자 탈의실에 들어갔다. 그 의도를 눈치챈 나는 여자 탈의실에 들어갔다.

여자 탈의실에는 줄지어 있는 사물함과 이 공간 구석에 묵묵히 자리하고 있는 수영복 건조기뿐이었다.

아무도 없다…….

그대로 탈의실을 통과한 나는 호텔 복도로 들어섰다.

좌우로 고개를 돌리며 잔잔한 조명이 비추고 있는 복도를 살폈지만, 사람 그림자는 고사하고 도망치는 발소리도 들리지 않았다. 호텔 복도는 단단한 재질이니 발소리가 나지 않을 리가 없는데― 이미 도망친 것일까?

그리고 잠시 후, 미즈토가 남자 탈의실에서 나왔다.

미즈토는 나와 마찬가지로 주위를 둘러보더니…….

"이미 도망친 거야?"

"응……. 그런 것 같아."

"……골치 아프게 됐는걸."

미즈토는 미간을 살짝 찌푸리며 말했다.

"일부러 말없이 쳐다보고 있었다는 건, 다른 숙박객이 아니라 우리 학교 학생일 거야. 우리의 대화가 들렸는지는 모르겠지만, 들리지 않았더라도 방금 그 광경만으로도 충분히……."

"어, 어, 어, 어쩌지?! 우리 사이가……!"

분명 소문이 퍼져 나갈 것이다. 그리고 어쩌면, 부모님의 귀에도……!

"진정해. 이 층에도 사람은 있어."

나는 화들짝 놀라며 입을 다물었다. 어렴풋하지만, 고등 학생의 목소리가 들려왔다……. 다른 학생들도 이 층에 있는 것이다.

"일단 풀장으로 돌아가자. 상황부터 확인하는 거야."

미즈토가 냉철한 목소리로 그렇게 말하자, 고개를 끄덕인 나는 여자 탈의실을 통해 풀장으로 돌아갔다.

미즈토는 나무 갑판으로 나가더니, 아까 사람이 숨어 있었던 화단 쪽으로 향했다.

호텔 벽과 나란히, 구체 형태로 손질된 화단이 줄지어 있었다……. 그 식물과 호텔 벽 사이에 약간의 틈새가 있었고, 아까 그 사람은 거기에 숨어 있었던 것 같았다.

"처음부터 보고 있었던 걸까……?"

"그건 알 수 없어. 나는 네가 풀장에 들어오는 걸 눈치 못 챘고, 마찬가지로 그 구경꾼도 몰래 들어와서 숨어 있었던 걸지도 몰라."

그렇게 말한 미즈토는 훔쳐보던 사람이 숨어 있었던 장소에서 무릎을 꿇었다.

매우 냉정했다……. 무섭지 않은 걸까? 비밀이 폭로될지도 모르는데…….

미즈토는 지면을 둘러본 후, 구체 형태의 화단을 쳐다봤다.

"······이건······."

그리고 그 화단을 향해 얼굴을 내밀더니, 목 뒤편을 주무르기 시작했다.

그것은 미즈토가 생각할 때의 버릇이다.

"이것 좀 봐."

미즈토가 안쪽으로 몸을 비키면서, 식물의 한 부분을 손가락으로 가리켰다.

나도 몸을 숙이면서 그가 가리킨 곳을 살펴보니, 식물의 가느다란 가지— 그 가지 끝부분이 붉은색으로 물들어 있었다.

"이건······ 혹시, 피야?"

"그래. 게다가 아직 마르지 않았는걸."

미즈토가 가지 끝부분을 손으로 만지자, 손가락에 빨간색이 묻어났다.

"아마 아까 그 구경꾼이 도망치다가 어딘가를 베인 거야······."

그러고 보니, 부스럭거리는 소리가 들렸는데······. 그때일까?

"지금은 다들 스마트폰을 가지고 있지 않아."

미즈토가 갑자기 그렇게 말했다.

"즉, SNS 같은 것으로 정보를 퍼뜨릴 수는 없어······. 게다가 사진이나 영상을 찍히지도 않았겠지. 결정적인 증거를 제시할 수 없는 거야."

"즈, 즉······?"

"수학여행이 끝나기 전에 범인을 찾아야 한단 거지."

그림자— 범인이 남긴 흔적인 피에 젖은 가지를 손가락으로 가리키면서, 미즈토는 말했다.

"그때면 이 상처도 나았을 거야. 어떻게 할래?"

그 후, 엘리베이터에서 미즈토와 헤어진 나는 곧장 자기 방으로 돌아갔다.

미즈토와 같이 있는 모습을, 다른 사람이 훔쳐봤다—.

누가? 왜?

미즈토가 어떻게 할지 물었지만, 나는 대답하지 못했다. 범인을 찾아서 비밀로 해 달라고 부탁하는 게 최선이겠지만, 그게 성공할지 알 수 없으니······. 여차하면 확 커밍아웃을 할 각오를 다져야만 한다.

설마 수학여행 첫째 날부터 이런 난처한 상황에 부닥치다니······.

불안에 사로잡힌 나에게, 미즈토는 말했다.

—너무 걱정하지 마. 우리는 아무 잘못도 하지 않았잖아. 안 그래?

그렇다······. 그 말이 옳다. 우리는 아무 잘못도 하지 않았다.

그런데도 내가 불안을 떨쳐내지 못하자, 미즈토는 잠시 내 어깨를 끌어안으며 위로해 줬다…….

　한숨을 내쉬며 방의 문을 열었다. 복도에서 침실을 쳐다보니, 그곳에는 아스하인 양뿐이었다. 책상에는 참고서가 펼쳐져 있었다.

　"……다녀왔어."

　내가 그렇게 말하자, 아스하인 양은 고개를 들면서 「어서 와요」라고 대답했다.

　지칠 대로 지친 나는 자기 침대에 드러누웠다.

　아스하인 양과는 서먹한 사이지만, 그래도 방에 누군가가 있어서 기뻤다. 혼자였다면 불안에 휩싸였을지도 모른다.

　"쭉 공부하고 있었어?"

　나는 불안을 얼버무리려는 듯이 아스하인 양에게 말을 건넸다.

　"네."

　아스하인 양은 짤막하게 답했다.

　"목욕도 안 했어? 슬슬 씻어야 할 텐데……."

　방의 시계를 보니, 어느새 아홉 시 반이 지났다. 소등 시간까지 30분 남았다.

　아스하인 양은 시계를 보더니…….

　"그렇……군요. 그럼 씻으러 갈게요."

　참고서를 덮었다.

　으음…… 왠지 업무적인 대화 같다.

아스하인 양은 참고서를 자기 가방 안에 넣더니, 갈아입을 옷을 꺼내 들고 욕실로 들어갔다.

바로 그때, 아스하인 양의 가방 안에 있던 뚜껑이 열린 반창고가 보인 듯한 느낌이 들었다.

아스하인 란 ◆ 상처

나는 세면대에 들고 온 옷을 둔 후, 입고 있던 옷을 벗었다.

셔츠 단추를 풀고, 소매에서 팔을 뺀 후, 벨트를 풀고 데님 팬츠를 발치까지 내리자, 세면대의 거울에는 속옷 차림인 내가 비쳤다.

평소 같으면 쓸데없이 큰 가슴을 보며 우울한 기분에 사로잡혔을 것이다. 하지만 지금은 그것보다 더 나를 우울하게 만드는 것이 있었다.

"……."

나는 말없이, 오른쪽 허벅지 바깥쪽을 손가락으로 훑었다.

거기에는, 방금 붙인 반창고가 있었다.

이리도 유메 ◆ 아침은 이성을 느슨하게 만든다

아침 햇살이 눈을 찌른 탓에 어렴풋이 의식이 깨어나 보니, 부드러운 물체에 온몸이 감싸여 있었다.

좋은 향기가 난다……. 게다가 귀여운 숨소리가 귓가에서…….

천천히 눈을 떠봤다.

눈앞에, 히가시라 양의 잠든 얼굴이 있었다.

"……."

"……쿠울~."

어째선지…… 안겨 있었다. 허그 베개처럼 말이다.

물론 히가시라 양과 한 침대에서 잔 기억은 없으며, 잠든 사이에 이쪽으로 굴러와서 그대로 근처에 있던 나를 끌어안은 것이리라. 옆 침대와 붙어 있으니 말이다.

"히가시라 양, 히가시라 양……."

"쿨쿨……."

틀렸다. 일어나질 않는다.

이렇게 되면…….

나는 자신과 히가시라 양의 몸 사이에 손을 집어넣은 후, 내 몸에 찰싹 닿아 있는 풍만한 지방 덩어리를 확 움켜쥐었다.

“흠냐…… 어~?”

우와……. 브래지어를 안 걸쳤네. 손가락이 파고들어…….

“으응…… 하, 하앙…… 앗♥”

요염한 목소리를 흘린 직후, 히가시라 양이 눈을 떴다.

나와 눈이 딱 마주쳤다.

“좋은 아침이야.”

“……어어~?”

눈을 몇 번이나 깜빡인 히가시라 양은 서서히, 방금 자다 깬 얼굴을 붉히고 있었다.

“호, 호호, 혹시…… 저희…… 드디어……!”

“아냐, 아냐. 히가시라 양이 자다가 내 침대로 넘어왔을 뿐이야. 드디어는 또 무슨 소리야?”

“아…… 그런가요. 죄송해요……. 하지만 그러면 왜 제 가슴을……?”

“이러면 일어날 것 같았거든…….”

“아하~, 그렇군요…….”

실은 너무 크고 부드러워서 만져 보고 싶었을 뿐이지만, 자다 깨서 머릿속이 멍한 히가시라 양은 그 말에 넘어갔다.

“죄, 죄송해요. 바로 떨어질게요…….”

"화난 건 아니니까 괜찮아. 오히려 히가시라 양의 몸은 따뜻하고 부드러우니까, 아침마다 이러고 싶네……."

나도 아직 잠이 덜 깬 것일까. 욕망에 따라 히가시라 양의 몸을 꼭 끌어안았다. 그러자 히가시라 양은 얼굴을 더욱 붉히더니, 허둥대며 눈을 깜빡였다.

"저, 저기, 유메 양……!"

"미안해. 싫어?"

"그런 건 아닌데……. 아침부터 자극이……!"

"후후. 당황하기는……. 귀여워♥"

이마를 맞댄 채 그렇게 말하자, 히가시라 양의 온몸의 힘이 삶은 문어처럼 쭉 빠졌다.

"유메 양이라면…… 괜찮아요……. 상냥하게 해 주세요……."

"흐~음? 그러면 호의를 거절할 순 없지—."

"꺄아♥ 대뜸 그런 곳을……♥"

"아침부터 뭐 하는 거냣~!!"

우리를 감싸고 있던 이불이 확 걷혔다.

침대 위에서 뒤엉켜 있는 나와 히가시라 양을, 이불을 움켜쥔 아카츠키 양이 분노에 찬 눈길로 내려다봤다.

나는 변명을 시도했다.

"그, 그게, 장난을 좀 쳤을 뿐인데……."

"나도 끼워 줘~!!"

우리 사이에 끼어들듯이, 아카츠키 양이 조그마한 몸으로 다이빙을 감행했다.

아침부터 와아~ 꺄아~ 하고 떠들어 대는 우리를, 아스하인 양은 어처구니없다는 표정으로 쳐다보고 있었다.

이리도 미즈토 ◆ 의미 없는 사건

"네가 농락당하면 어떻게 하냐고."

나는 뷔페에서 아침 식사 음식을 담으면서, 옆에 있는 유메에게 그렇게 말했다.

유메는 파스타를 자기 접시에 담더니, 거북한 듯이 시선을 돌렸다.

"하지만…… 히가시라 양이 너무 귀여운 반응을 보이니까, 무심코……."

"내가 바람을 피우나 싶어 끙끙 앓던 애답지 않은 행동인걸."

"하, 하지만 그건 여자끼리의 스킨십 같은 거야! 단순한 장난이거든?!"

허둥지둥 강경하게 부정한 유메는 셔츠 위에 캐미솔을 겹쳐 입은 상의와 몸에 딱 붙는 청바지 차림이었다. 걸어 다닐 일이 많은 만큼, 활동성을 중시한 옷을 고른 것 같았다.

나는 어처구니없다는 듯이 한숨을 내쉬며 말했다.

"너는 그렇게 생각해도, 상대방이 진심으로 받아들이면 의미가 없거든?"

"뭐?"

"이사나는 상대가 여자라도 상관없는 타입이야."

"그…… 그래?!"

"여자의 몸에 범상치 않은 흥미를 느끼고 있는 건 알지? 콘텐츠로서만 소비하는 건지, 아니면 진짜로 애정이나 욕구를 품고 있는지는 본인만이— 어쩌면 본인조차 모를지도 몰라."

내가 고백할 때까지, 첫사랑도 하지 않았던 애다. 지금은 현실의 연애에 관심이 있는지도 알 수 없다. 성욕은 넘쳐흐르는 것 같지만 말이다.

유메는 얼굴을 살짝 붉히더니, 고개를 숙인 채 작게 중얼거렸다.

"그, 그렇구나……. 그러면 조심해야겠네……."

"……너는 어때? 상대가 여자라도 괜찮아?"

"무, 무슨 소리 하는 거야?! 나는 무리거든?!"

유메는 손을 내저으며 부정했다. 딱히 아무래도 상관없지만, 경우에 따라선 경계하는 범위를 넓혀야 할 것 같았다.

그러던 유메가 고개를 갸웃거리더니, 의아한 목소리로 물었다.

"그건 그렇고, 왜 오늘은 그런 반응을…… 어제까지는 평범했는데……."

……아마 쌓인 거겠지.

일러스트를 그릴 짬도 없는 이 금욕 생활 탓에, 스트레스 같은 게 말이다.

아무튼, 이사나와의 일 덕분에 어젯밤 사건은 그다지 개의치 않는 것 같았다. 불안에 사로잡힌 건 아닌지 걱정했는데, 전화위복이라고 여겨야 할까.

단둘이서 너무 이야기를 나누면 주위로부터 의심을 산다. 쟁반에 충분한 양의 음식을 담은 우리는 미리 잡아 둔 자리로 돌아갔다.

그곳에는 같은 조인 여섯 명이 모여 있었다. 다들 오키나와에 맞춘 복장을 하고 있었다. 카와나미는 청결한 느낌의 티셔츠에 반바지, 미나미 양은 영문 모를 영어 단어가 적힌 오버 사이즈 티셔츠, 아스하인은 품이 낙낙한 셔츠를 퀼로트 팬츠 안에 집어넣은 복장, 그리고 이사나는 피서지에 온 아가씨 느낌의 롱스커트 차림이었다.

이사나는 유메 일행에게 수학여행 중에 입을 옷을 골라 달라 했다고 한다. 일러스트로 여러 패션을 그리게 됐지만, 정작 자신의 패션에 관해서는 관심이 없었다(일러스트에서도 툭하면 교복을 그리려 할 지경이다).

이 멤버로 아침을 먹은 후, 오늘 예정에 관해 이야기를 나눌 생각이었는데—.

카와나미와 미나미 양이 어찌 된 건지 표정을 굳힌 채 고개를 갸웃거리고 있었다.

"아카츠키 양, 왜 그래? 미간에 주름이 생겼네."

유메가 쟁반을 테이블에 내려놓으며 그렇게 말하자, 미나미 양은 포크에 찔린 비엔나소시지를 씹으면서 말했다.

"아니…… 그게 말이야. 좀 이상한 일이 벌어지고 있나 봐."

"이상한 일?"

"아까 요시노 네가 찾아왔었어."

카와나미가 테이블에 팔꿈치를 얹으며 말했다.

"이상한 걸 묻더라니깐. 뭔지 알아?"

"괜히 뜸 들이지 말고, 빨리 말하기나 해."

"『우리 안내서를 못 봤어?』랬어—."

안내서?

"안내서라면, 수학여행 안내서? 잃어버렸대?"

"아니, 그게— 도둑맞았다더라고."

""도둑맞아?""

나와 유메의 목소리가 포개졌다.

"이상한 이야기네요."

이사나는 스크램블에그를 우걱우걱 먹으면서 말했다.

"안내서를 훔쳐 봤자 아무 의미 없지 않나요?"

"그야…… 다들 똑같은 걸 가지고 있잖아. 몇 반의 안내서인지 인쇄되어 있으니까, 거기만 다른데……."

이번에 우리가 받은 수학여행 안내서에는 일지를 적는 공간도 없고, 그야말로 주의 사항과 스케줄만 적혀 있을 뿐이다. 유메가 말한 것처럼, 표지에 소속 학급이 인쇄되어 있지만, 거꾸로 말하면 그것 말고는 차이점이 없다. 훔치면서까지 손에 넣고 싶어 할 가치 따윈 없는 것이다.

"아니, 애초에—."

거기까지 말한 나는 입을 다물었다.

유메는 의아한 표정을 지으며 나를 쳐다봤다.

"애초에…… 뭐?"

"……아니, 내 착각이야."

괜히 일이 성가셔질 듯한 예감이 들었기에, 나는 마음속에 떠오른 의문을 삼켰다.

어떻게 도둑맞았다는 걸 안 거지?

이리도 유메 ◆ 딱히 아무 일도 없는 것처럼 보이는 조사

수학여행 안내서를 도둑맞았다—.

다행히 어제의 밀회에 관한 소문이 퍼진 것 같지는 않지만, 그때 도망친 인물은 제쳐 놓기로 한 나는 우선 이 기묘한 사건에 관해 당사자에게 이야기를 들어 보기로 했다.

학생회 임원으로서 책임감을 발휘한 것이다. —선생님에게서도 수학여행 중에 뭔가 일이 생긴다면 잘 부탁한다는 말을 들었다. 마찬가지로 학생회 임원인 아스하인 양은 아직 친구들과 편하게 이야기를 나눌 만큼 친하지 않으니, 이 상황에서는 내가 나서야 할 것이다.

그런데―.

"……왜 너까지 따라온 거야?"

여학생의 방이 있는 7층까지 엘리베이터로 올라간 내 뒤에는 미즈토가 있었다.

"도와주려는 거야. 너는 탐정 적성이 없어 보이거든."

미즈토는 무슨 생각을 하는 건지 알 수 없는 무표정한 얼굴로 그렇게 말했다.

나는 입술을 삐죽 내밀면서…….

"읽어 본 추리소설의 권수만 보면 내가 더 많을걸?"

"추리소설에서 미스터리 마니아는 대부분 왓슨 역할이야."

"끄응……."

반론할 수 없다.

나와 미즈토 중 한 명이 홈즈 역할이라면, 그건 분명 미즈토일 것이다. ―남친은 이 학교에서 가장 머리가 좋은 사람이다. 그 발언은 농담 삼아서 한 게 아니다.

하지만 나에게도 학생회 임원으로서 학생의 고민을 해결해 줄 의무가 있다.

"입 다물고 내 뒤에 서 있기나 해. 남자애가 대뜸 방에 찾아오면 겁먹을지도 모르잖아."

"그 세 사람이 그런 타입이라고 생각해?"

"……걱정되는 거면 솔직하게 말해 주면 안 돼?"

확실히 요시노 양의 그룹은 우리 반에서― 아니, 라쿠로 고교에서 꽤 화려한 부류에 속한다. 나와는 명백하게 궁합이 나쁘며, 아무것도 모른다면 혼자서 그녀들을 만나러 가는 나를 걱정할지도 모른다. 미즈토는 분명, 내가 걱정되어서 따라온 것이리라. ―그편이 기쁠 테니, 그렇게 생각하기로 했다.

먼저 조장에게 지급된 휴대전화기로 요시노 양에게 용건을 전하러 했지만, 전원을 꺼둔 건지 전화해도 받지 않았다.

그래서 어쩔 수 없이, 미리 연락을 취하지 않고 그녀들의 방에 노크했다.

"네? 누구세요~? ……어? 유메잖아~! 무슨 일이야?"

안에서 문을 연 요시노 양은 다행히 사복으로 갈아입고 있었다.

하지만 천 면적이 적은 오프숄더에 데님 핫팬츠이기에, 어깨와 허벅지가 훤히 드러나 있었다. 풍기를 문란하게 만들 듯한 복장을 본 나는 허둥지둥 미즈토를 돌아봤지만, 그는 딱히 개의치 않았다.

"실은―."

내가 용건을 설명하자, 요시노 양은 「아~」 하고 이해했다는 듯한 목소리를 내더니, 뒤편에 있는 미즈토를 쳐다봤다.

"그건 알겠는데, 미즈토는 왜 온 거야?"

내가 설명하기 전에, 미즈토 본인이 별일 아니라는 투로 말했다.

"신경 쓰지 마. 못난 동생이 실례는 범하지 않을까 싶어 감시하려고 따라왔을 뿐이야."

"동생? 누나 아니었어?"

"누나가 맞아."

"동생이 맞아."

나와 미즈토는 서로를 노려봤다. 연인이 되고도 이 점만은 아직 합의되지 않았다.

요시노 양은 「아하하!」 하고 환하게 웃었다.

"의붓남매 사이도 큰일인가 보네! 일단 들어와. 문 계속 열고 있는 것도 피곤하거든."

요시노 양의 말에 따라, 우리는 방 안으로 들어갔다.

침대 네 개가 놓인 침실에는 다른 세 명의 여자애가 있었다. 그중 두 명은 요시노 양과 자주 같이 다니는 화려한 인상의 여자애이며, 다른 한 명은 인원수 문제로 요시노 양의 조에 들어오게 된 얌전한 인상의 안경 낀 여자애였다. 중학생 시절의 나와 처지가 비슷한 것 같아, 왠지 가슴이 아팠다.

"도둑맞았다고 들었는데…… 이 방에서 도둑맞은 거야?"

내가 바로 질문을 던지자, 요시노 양은 「맞아, 맞아!」라고 말했다.

"안내서는 이 방에 둔 가방 안에 계속 넣어 뒀는데, 아침에 찾아보니 없더라니깐! 그렇지~?"

요시노 양의 친구 두 명이 「맞아~!」, 「진짜 짜증 나!」라고 말했다. 그리고 뒤늦게, 남은 한 사람이 말없이 고개를 끄덕였다.

"의심하는 것 같아서 미안한데, 방 안을 잘 뒤져 봤어? 침대 아래라든가 말이야."

객실 안은 용케 하룻밤 만에 이렇게 어지를 수 있구나 싶은 상태였다. 침대와 의자에는 벗은 옷이 대충 놓여 있으며, 테이블 위는 화장품으로 가득 차 있었다.

창문 앞에는 수영복 크기의 캐미솔과 속옷 크기의 핫팬츠가 널려 있었다. 마치 한 달 정도 이 방에서 생활한 것만 같았다. 이런 방에서라면 물건을 잃어버릴 만도 하다 싶었다.

미즈토도 어이가 없는 건지, 목덜미를 주무르면서 창가에 널려 있는 옷을 응시했다.

"그러니까~, 잃어버린 게 아니라 도둑맞은 거야!"

짜증스러운 목소리로 그렇게 외친 이는 요시노 양의 친구인, 트윈테일 헤어스타일의 여자애였다. 이름은 이마유키 양이다.

"아침에 일어나서 가방을 뒤져 보고, 「우와, 도둑맞았네!」라고 생각했어! 다른 애들도 가방을 뒤져 보니, 다들 도둑맞았더라니깐! 이 방을 쓰는 네 사람이 한꺼번에 안내서를 잃어버린다는 게 말이 돼?!"

네 사람이 한꺼번에…… 그렇다면 도둑맞았다고 생각하는 게 자연스러울까.

"그래도 혹시 모르니까, 나도 같이 찾아봐도 될까? 어쩌면 안 찾아본 곳이 있을지도 모르잖아."

"뭐? 아~, 그건……."

"말은 고맙지만 그건 사양할게, 유메."

트윈테일인 이마유키 양이 내키지 않는 듯한 반응을 보인 직후, 요시노 양이 그녀를 감싸듯 입을 열었다.

"우리도 실컷 뒤져 봤거든? 그리고 남이 자기 짐을 뒤지는 건 그다지 기분 좋지 않잖아?"

"아, 응. 그러면 됐어. 거기까지 생각 못 해서 미안해."

"괜찮아, 괜찮아. 그것보다, 유메 양은 예비용 안내서 없어?"

"예비용은 없어……. 필요한 분량만 인쇄했거든. 괜찮다면 내 걸 빌려줄게……. 이것저것 적혀 있는데, 그래도 괜찮을까?"

"아, 괜찮아! 필요하면 남자애들 걸 빌리지 뭐! 그 대신 곤란한 일이 있으면 의지해도 돼? 우리 조와 너희 조는 오늘 거의 같이 다니잖아!"

그러고 보니 요시노 양의 조도 오늘 오후는 해양 체험 코스다. 우리 조와는 하루 종일 같이 다닐 것이다.

"응, 물론이야. 무슨 일 있으면 언제든 말해."

"고마워~! 완전 여신님~!"

그 후, 우리는 요시노 양의 방을 나섰다.

엘리베이터 홀로 향하면서, 나는 옆에서 걷고 있는 미즈토를 쳐다봤다.

"어때? 결국 한마디도 안 했잖아."

"상대방이 알아서 다 늘어놨거든. 내가 무슨 말을 할 필요가 없었어."

"멋대로 늘어놨다……? 뭘?"

미즈토는 뭔가를 검토하듯 몇 초 동안 천장을 올려다보더니, 심술궂은 미소를 머금으며 내 얼굴을 응시했다.

"말해도 될까? 왓슨."

……진짜로 뭔가를 눈치챈 걸까?

하지만 추리소설 마니아인 내가 직접 추리하고 싶은 게 아니냐는 의미에서—.

"……심술쟁이!"

"배려심이 넘친다고 말해 주면 좋겠는걸."

추리 공개를 질질 끄는 탐정이 흔히 보이는 행동이지만, 실제로 당해 보니 정말 열받았다! 이렇게 되면 절대로 안 물어볼 거야!

미스터리 마니아의 긍지를 걸고, 나는 아무것도 물어보지 않기로 했다.

이리도 미즈토 ◆ 제4의 문제

수학여행 이틀째 오전의 목적지는 아메리칸 빌리지. 미국 분위기가 진하게 반영된 타운 리조트다. 기본적으로는 쇼핑

에어리어지만, 실제로 두 눈으로 보니 미국을 재현했다기보다 미국을 모티프로 한 테마파크란 느낌에 가까웠다.

마을 전체가 외국 과자 상자처럼 원색으로 꾸며져 있으며, 맥도널드의 간판조차 갈색인 마을에서 태어나서 자란 사람으로서는 이 공간 전체가 번쩍거리는 것 같았다.

기본적으로는 조별로 행동하지만, 남자와 여자는 흥미의 방향성이 달랐다. 유메 일행은 웬일인지 옷이나 소품에 눈길을 줬고, 나는 카와나미와 단둘이 음식점 위주로 돌아봤다.

딱히 양쪽 다 흥미는 없기에, 하다못해 조금이라도 즐길 수 있는 쪽을 골랐을 뿐이다. ―점심 식사도 겸해서 말이다.

"오, 이거 맛있네!"

돼지고기와 달걀말이를 밥과 김 사이에 끼운, 주먹밥과 샌드위치의 융합체 같은 것을 먹어 본 카와나미가 그렇게 말했다.

나는 이세계물에 나오는 술집에나 있을 듯한 나무 테이블에 턱을 괴면서 말했다.

"너는 즐거워 보이네."

"오키나와에 와서 안 즐거운 게 이상하잖아! 그러는 넌 표정이 계속 별로인걸?"

"좀 신경 쓰이는 일이 있거든……."

"혹시 요시노 네가 떠들어 대던 그 일 말이야?"

"그것도 포함돼……."

지금, 내가 직면한 문제는 세 가지다.

첫 번째는, 느닷없이 나한테 고백한 아스하인 란.

두 번째는, 나와 유메의 밀회를 훔쳐본 누군가.

세 번째는, 수학여행 안내서 도난 사건.

전부 무시해도 괜찮겠지만, 유메가 신경을 쓰는 것 같으니 나도 관심을 끌 수 없었다.

"유메가 아무래도 상관없는 일 같은 건 내버려둘 수 있는 성격이면 좋겠지만……."

"그런 성격이 아니라서 좋아하는 거잖아~?"

카와나미는 히죽거리면서 그렇게 말했다. 유메에게는 애정을 솔직하게 전하기로 결심했지만, 이 녀석을 즐겁게 해줄 이유는 없다.

"카와나미, 너는 뭔가 아는 거 없어? 발이 넓잖아?"

"안내서 건 말이야?"

"그래."

"일단 남자애들은 그 건에 얽히지 않았을 거야."

"확실해?"

"확실하다고 생각해도 될걸? 스마트폰을 못 가지고 와서 평소보다 정보의 정밀도는 떨어지지만, 그래도 다른 조에 얼굴을 비추며 상황을 파악하고 있거든. 만약 요시노 네가 진짜로 안내서를 도둑맞았다면, 그건 여자애 짓이야."

"그렇겠지……."

"네 반응을 보아하니, 짐작했다는 눈치네."

"예측은 했어. 걔들의 말에 따르면, 방 안에 둔 짐 안에서 사라졌나 봐."

"아……."

카와나미는 이해했다는 투로 그렇게 말했다. 이 남자는 성적이 미묘한 편이지만, 머리 회전은 나쁘지 않다.

"그래서? 범인이 누구인지는 짐작이 돼?"

"아직은 뭐라 말할 수 없는걸. 누가 누명이라도 쓰게 된다면 수학여행의 분위기를 망칠지도 모르니까, 신중하게 행동하고 싶어."

"이제 분위기도 살필 줄 아는구나……. 사랑은 사람을 바꿔 놓는걸."

"원래부터 분위기 정도는 살필 줄 알았어."

푸른 하늘 아래에 펼쳐진 에메랄드그린 색깔의 바다를 응시하면서 포크 달걀 주먹밥을 우적우적 먹고 있을 때, 갑자기 카와나미가 말했다.

"어라? 그러고 보니 아스하인 양 아냐?"

카와나미의 시선이 향한 곳을 쳐다보니, 일본인과 서양 사람이 뒤섞여 있는 인파 사이에서 눈에 익은 조그마한 체구의 인물이 홀로 걷고 있었다.

"혼자서 뭐 하는 거야? 다른 애들과 같이 다니는 거 아니었어?"

여기서는 표정까지는 보이지 않지만, 마치 방황하고 있는 듯한 발걸음이었다.

내 뇌리에 어제 버스에서의 일이 떠올랐다.

마치 미아처럼 내 어깨에 머리를 맡겼던 그녀가, 지금도 미아처럼 이국정취의 마을 안을 방황하고 있었다.

나는 먹다 만 주먹밥을 포장지 안에 넣은 후, 그것을 나무 테이블 위에 뒀다.

"이거 좀 맡아줘."

"앗!"

자리에서 일어난 나는 빠른 걸음으로 인파를 헤치며 나아 갔다.

그리고 아스하인의 곁에 도착하자, 그녀의 조그마한 어깨 를 가볍게 두드리며 말을 건넸다.

"아스하인."

"……윽."

아스하인은 내 얼굴을 보더니, 흠칫하며 어깨를 부르르 떨었다.

놀라게 한 것일까? 나는 그녀와의 적절한 거리를 가늠하 면서 말을 건넸다.

"혼자서 뭐 하는 거야? 다른 애들은 어디 있어?"

"……."

아스하인은 잠시 침묵을 지키며 지면을 내려다보더니……

"……아무것도 아니에요. 잠시 혼자서 돌아보고 싶어졌을 뿐이에요."

"스마트폰도 없잖아. 혼자 행동하는 건―."

"그만 하세요."

아스하인은 딱딱한 목소리로 그렇게 말하더니, 그대로 돌아섰다.

"당신과는…… 말을 섞고 싶지 않아요."

아스하인은 빠르게 걸음을 내딛더니, 인파 속으로 사라졌다.

……어제 아스하인은 마음을 연 건 아니더라도 나에게 공감을 바라는 듯한, 그런 기대감 같은 것이 어렴풋이 느껴졌다.

하지만, 지금 나에게서 멀어지는 저 뒷모습에서는…… 철저한 거절만이 느껴졌다.

아무래도 문제가 늘어난 것 같았다.

네 번째― 어째서 아스하인의 태도가 하루만에 바뀐 것일까?

이리도 유메 ◆ 첫걸음

크리스마스 굿즈만 파는 가게를 다 같이 둘러보고 있을 때, 요시노 양 일행이 찾아왔다.

"안녕~! 귀여운 물건 찾았어~?"

아침에 들은 것처럼, 요시노 양의 조는 우리와 거의 같은 장소를 산책하고 있었다. 항상 같이 다니는 건 아니지만 항상 시야 한구석에 비치는 곳에 있으며, 때때로 이렇게 상대방이 말을 걸어왔다.

"……."

그리고 그때마다, 히가시라 양은 내 등 뒤로 숨었다.

요시노 양은 1학년 때 히가시라 양과 같은 반이어서, 현재 친구들 중에서는 비교적 친한 상대라고 생각하는데…… 역시 이런 날라리 같은 느낌의 애를 꺼리는 걸까.

요시노 양은 같은 조인 세 명의 여자애를 데리고 우리 곁으로 오더니, 「어머?」 하면서 뭔가를 찾듯 우리 뒤편을 쳐다봤다.

"란은 어디 간 거야? 아까까지는 같이 있지 않았어?"
"어?"

나는 그 말을 듣고 등 뒤를 돌아봤다.

아스하인 양은 아까부터 어느 정도 거리를 두며 우리 뒤를 따라왔었는데……. 상대방이 나를 피하기에 적극적으로 말을 걸지는 않았지만, 아카츠키 양을 통해 최대한 교류를 하려 했다.

그런 그녀가 지금은 어디에도 없었다.

어디서 떨어진 걸까……? 사람들로 붐비니 무리도 아니지만, 말을 전혀 하지 않는 탓에 눈치채지 못했다…….

"─아! 저기 있네!"

바로 그때, 가게 입구에서 미즈토와 카와나미가 다가왔다.

우연히 우리를 발견한 것 같지 않았다. 앞장서서 걷고 있는 카와나미는 명백하게 우리를 찾는 눈치였다.

"무슨 일이야? 남자끼리는 쓸쓸해서 꽃을 찾게 된 거구나?"

"그런 게 아니라고~."

아카츠키 양의 농담을 가볍게 흘려 넘긴 카와나미는 말을 이었다.

"아까 아스하인 양이 혼자 있는 걸 봤는데, 너희는 알고 있나 싶어서 확인하러 온 거야."

"어! 실은 그 이야기를 하던 참이야! 우리도 없는 걸 방금 눈치챘거든~. 봤으면 데려와 주지 그랬어!"

"이리도가 말을 걸었는데, 도망친 것 같아."

"도망쳐?"

"아니, 그러니까……."

카와나미가 뭐라고 말하면 좋을지 고민하고 있을 때, 미즈토가 대신 입을 열었다.

"혼자 돌아보고 싶어졌을 뿐이라고 했어. ……보아하니, 너희한테 말한 것 같지 않은걸."

혼자…….

아스하인 양의 성격을 생각하면, 무리도 아니다. 하지만 작년에 학생회에서 함께 활동하던 시절의 그녀는 이런 식으로 말도 없이 혼자 사라지는 타입이 아니었다. 그런 부분은 철저하게 하는 성실한 성격이었으니까…….

아스하인 양은 무슨 생각으로, 우리에게서 떨어진 것일까.

왠지, 그대로 두면 안 될 것 같다는 생각이 들었다. 이대로 아스하인 양만 내버려두고 다른 애들하고 놀기 시작했다간, 거리가 점점 멀어질 것 같은 느낌이 들었다.

만약 내가 그런 처지라면, 슬플 것이다.

역시 나는 필요 없는 존재구나…… 싶은 기분이 될 테니 말이다.

"……나, 좀 찾아보고 올게."

내가 그렇게 말하자, 아카츠키 양이 즉시…….

"그러면 나도 같이 갈래!"

"아니, 나 혼자면 충분해. 금방 돌아올 테니까. —으음, 데포 센트럴이란 데서 모이자."

내가 아스하인 양이라면, 수많은 사람이 자기를 찾으러 오면 미안해질 것이다. 그러니 나 혼자 가는 편이 낫다. —아니, 내가 그러고 싶은 걸지도 모른다.

"내가 본 건 바닷가 쪽의 나무통 같은 의자가 줄지어 있는 쪽이었어."

미즈토는 군말 없이 그렇게 말했다.

"건물을 지나서 가장 서쪽이야. 아직 거기 있을지도 몰라."

"응, 고마워!"

미즈토의 어깨를 가볍게 두드려 준 후, 나는 종종걸음으로 크리스마스 샵을 나섰다.

나는 미즈토의 말대로, 마을 서쪽에 있는 바닷가 에어리어로 향했다.

나무통 같은 디자인의 의자가 줄지어 놓인 실외 좌석 옆에는 수많은 관광객이 오가고 있는 넓은 보행로가 있었다. 그 사람들을 헤치며 나아가니 새하얀 난간이 있었으며, 에메랄드그린 빛깔의 바다가 시야를 가득 채웠다.

아스하인 양…… 어디 간 걸까…….

고개를 좌우로 돌리면서 조그마한 체구의 동급생을 찾았다.

관광객이 많지만, 그중 몇 할은 외국인이며, 다른 몇 할은 가족 여행자다. 수학여행을 온 학생은— 그것도 아스하인 양처럼 체구가 작은 여자애는 그렇게 많지 않다. 그러니 찾아보면—.

"—찾았다!"

수십 미터 앞, 새하얀 난간에 손을 얹고 혼자서 바다를 응시하고 있는 여자애를 발견했다.

복장이 눈에 익었다. 품이 낙낙한 셔츠와 소녀 느낌 물씬 나는 퀼로트 팬츠— 패션에 흥미가 없어 보이는 것 치고는 센스가 참 좋다고 전부터 생각했다.

나는 난간을 따라 걸어간 후, 그 여자애에게 말을 건넸다.

"아스하인 양."

아스하인 양은 말없이 나를 힐끔 쳐다봤다.

하지만 곧, 바다 저편을 향해 눈동자를 돌렸다.

나는 잠시, 무슨 말을 하면 좋을지 고민했다.

찾아다녔어, 하고 말하는 건 상대방을 비난하는 것 같다.

이런 데서 뭘 하는 거야? 란 말도 좀 뻔뻔하게 느껴졌다.

그래서 결국, 눈앞에 존재하는 것에 대한 감상을 있는 그대로 말할 수밖에 없었다.

"바다…… 아름답네."

"……네."

침묵이 이어졌다.

서먹하다. 마치 초면인 것 같다. 반년 동안 함께 학생회에서 활동했는데, 그때 쌓은 친분이 전부 사라진 것만 같았다.

우리는 이대로, 서먹한 채, 계속 지내게 될까.

왠지 이야기를 나누지 않게 된 채, 학생회 임기가 끝나서, 만나지 않게 되는…….

아아— 나는 대체, 이런 짓을 몇 번이나 반복해 왔을까.

눈앞에 있는 것을 무시하며 살아왔다. 손에 넣을 수 있을지도 모르는 것에도 손을 뻗지 않으며 살아왔다.

고등학교에 입학했을 때도 그렇다. 수석 입학이라는 무기에 의지해서, 친구가 되어 줄지도 모르는 사람이 말을 걸어주길 기다렸을 뿐이다. 학생회 또한, 쿠레나이 회장의 권유가 없었으면 들어가지도 않았을 것이다.

하지만…… 나는 경험해 봤다.

손에 넣고 싶은 것에, 놓치고 싶지 않은 것에, 꼴사납고 한심하며 하염없이 손을 뻗어서 움켜쥐는 경험을 말이다.

—아아, 왠지 귀찮아졌어.

"아스하인 양. 아이스크림 안 먹을래?"

"……네?"

아스하인 양이 의아한 듯이 나를 쳐다봤다. 분위기 파악도 못 하는 거냐, 하고 눈으로 말하고 있었다.

나는 그것을 못 본 척했다.

괜히 머리를 굴려 봤자, 결국 도망칠 뿐이라는 것을 아니 말이다.

"덥지? 나, 먹고 싶어. 같이 먹자!"

"자, 잠깐만요……!"

아스하인 양의 손을 움켜쥔 나는 억지로 잡아끌었다.

이런 억지스러운 방식은 당하는 처지에서 자주 경험해 봤다. 고마워, 아카츠키 양.

미즈토 일행과 헤어진 곳을 향해 걸어가던 우리는 아이스크림 가게 앞에서 잠시 줄을 섰다. 그리고 아스하인 양은 파도 같은 푸른 소다 아이스가 들어간 맛을, 그리고 나는 친스코라고 하는 익숙하지 않은 맛을 골랐다.

가게 안과 빌딩 안은 사람들이 많아서 갑갑했기에, 그 아이스크림을 들고 밖으로 나갔다. 가로수 옆에 마침 빈 자리가 있었기에, 그곳에 둘이 함께 앉았다. 햇빛이 들기는 하지만, 그래도 한여름의 교토에 비하면 시원한 편이었다.

나는 컵에 들어 있는 흰색 락토 아이스크림을 스푼으로 떠서 입에 넣었다. 달콤한 맛이 입안에 퍼져 나가더니, 더위가 살짝 가셨다.

"친스코 맛이라고 해서 어떤 맛일지 궁금했는데…… 그러고 보니 나는 친스코 자체를 먹어 본 적 없네."

바닐라&쿠키의 아종이란 느낌이며, 이름을 보고 상상한 독특한 맛과는 거리가 멀었다. 평범하게 맛있었다.

아스하인 양도 내 옆에서 컵에 담긴 파도 모양의 아이스를 스푼으로 떴다. 스푼을 입에 넣은 그녀에게, 나는 물었다.

"그건 어때?"

"……맛있어요."

"한입씩 교환 안 할래? 어떤 맛인지 궁금해."

"하아—."

"자, 아~."

"어? ……우물."

아스하인 양은 당황한 듯이 입을 벌린 틈에, 나는 유백색 아이스크림이 담긴 스푼을 그녀의 입에 집어넣었다.

깜짝 놀라서 눈을 깜빡이는 아스하인 양을 본 나는 미소를 머금으며 말했다.

"어때? 어느 쪽이 맛있어?"

"……굳이 따지자면…… 그쪽이 맛있네요."

"그래? 나도 다른 걸 먹어 보고 싶어. 자, 아~."

내가 입을 벌리자, 아스하인 양은 머뭇거리면서 내 입에 스푼을 넣어 줬다.

청량감을 머금은 맛이 혀를 감쌌다. 확실히 여름 느낌이 나는 시원한 맛이었다.

"나는 그게 더 맛있는 것 같아. 바꾸지 않을래?"

"하아…… 좋아요……."

서로의 컵을 교환했다.

아이스크림을 먹으면서, 나는 거의 일방적으로 수다를 떨었다. 학생회 임원들은 지금 어쩌고 있을까, 요즘 수업 이야기 등, 변변찮은 대답을 못 들어도 대화가 끊기지 않도록, 마치 문에 노크를 계속하듯이 말이다.

서로의 컵이 비었을 때, 아스하인 양이 처음으로 나에게 말을 건넸다.

"이리도 양은…… 왜 저를 계속 신경 쓰는 거죠?"

그녀는 텅 빈 아이스크림 컵을 내려다보며 말을 이었다.

"저는…… 이렇게 재미없는 사람이잖아요. 그리고 당신은 좀 더…… 내성적인 사람이라고 생각했어요."

빙글빙글 도는 머릿속에서, 하나하나 도려낸 듯한 말이었다.

아스하인 양이 원하는 대답은 뭘까. 나는 잠시 생각해 봤지만, 알 수 있을 리가 없었다.

"······솔직하게 말하자면, 지금 꽤 무리하고 있어."

그래서 나도, 마음속을 도려내서 말할 수밖에 없었다.

"하지만, 무리하지 않으면 이대로 끝나리라고 생각했어······. 왠지 서먹해진 채, 그것을 해결하거나 절교하지도 않은 채, 그대로 자연 소멸한다······. 그런 미래가 보였어. 그게 싫어서······ 이러는 거야."

"당신에게 저는 학생회의 일개 동료일 텐데요······. 학생회의 임기가 끝나면 이야기를 나누지 않게 된다. 그게 당연하지 않나요······?"

"그럴까? ······그럴지도 몰라."

부정할 말을 찾지 못했다. 학생회의 일개 동료— 그렇지 않은 듯한 느낌이 들었다. 그렇다면 친구? 그렇게 당당히 말할 수 있을 만큼, 나는 아스하인 양을 알지 못했다.

"하지만······ 쓸쓸하잖아."

그래도, 마음이 바뀌지 않았다.

"처음 만났을 때도, 함께 고베 여행을 갔을 때도, 졸업식 준비를 함께 열심히 했을 때도······ 전부 머릿속에 남아 있어. 그러니, 네가 내 곁에서 없어지는 건, 쓸쓸해······."

아스하인 양은 입을 다문 채 내 말을 듣고 있었다.

기억이 있다. 추억이 있다. 그러니 그것을 앞으로도 이어 가고 싶다고 생각하는 건, 분명 잘못된 일이 아닐 것이다.

"네가 나를 피하는 건 알아. 아마 내가 뭔가 잘못했을 거야……. 그게 뭔지 나는 아직 모르겠고, 이야기하기 싫다면 물어보지 않겠어. 그래도…… 나는 아스하인 양과 멀어지는 게 싫어. 그것만은…… 전하고 싶었어."

전하는 게 중요하다는 것을, 나는 미즈토와의 관계를 통해 배웠다.

입을 다물고 있으면 눈치채 줄 것이란 물러 터진 생각은 하지 않겠다. 상대방이 입을 다물고 있다면, 내 쪽에서 말을 걸겠다.

중학생 때와는 전혀 다른— 이것이 바로, 내가 생각하는 이상적인 자신이다.

"들어줘서 고마워. ……슬슬, 다른 애들한테 돌아갈까?"

내가 자리에서 일어나자, 아스하인 양도 고개를 살며시 끄덕이며 자리에서 일어났다.

거리가 가까워진 것은 아니다. 하지만, 그러기 위한 첫걸음은 내디뎠다…… 그런 느낌이 들었다.

이리도 미즈토 ◆ 바닷속 세상에서

우리는 나고 시에 있는 이틀째 숙박시설에 체크인한 후,

선택 코스별로 흩어져서 광대한 부지 곳곳으로 이동했다.

우리가 선택한 것은 스노클링과 바나나보트 체험이다. 2학년 7반에서 이 코스를 선택한 건 우리 조와 요시노의 조이며, 총 열두 명이다. 우리는 숙박시설 안에 있는 해변으로 이동한 후, 수영복으로 갈아입고 그 위에 잠수복을 걸쳤다.

해변에 나란히 앉아서 강사로부터 주의 사항을 설명 들은 후, 스노클링을 할 때의 호흡을 연습하거나 수중에서 쓰는 핸드 사인을 배웠다. 그리고 드디어 우리는 조별로 보트에 타고 바다로 향했다.

날씨는 마치 짜기라도 한 것처럼 화창했다. 해수면이 햇살을 비추면서, 찬란히 빛나고 있었다. 유메와 카와나미, 미나미 양은 그 광경만 보고도 들떴다.

유일하게 이사나만은 보트 구석에서 몸을 웅크린 채, 긴장된 표정을 짓고 있었다.

"바다…… 무사히 지상으로 돌아갈 수 있기를……."

"그렇게 심각하게 생각하진 마."

나는 옆에 앉아서, 딱딱하게 굳어 버린 절친의 등을 가볍게 두드려 줬다.

"그렇게 깊은 곳까진 안 가. 그리고 넌 심해 공포증이 아니잖아."

아무리 나라도, 이사나가 심해 공포증이라면 강요하지 않았을 것이다. 운동을 잘 못하는 데다 수영을 꺼려 할 뿐, 경쟁 요소가 없는 액티비티라면 이사나도 충분히 즐길 수 있으리라고 판단했다.

이것은 내 생각인데, 운동을 싫어하게 되는 원인의 9할은 체육 수업에서 타인과의 경쟁이다. —피구에서 순식간에 아웃당해 외야로 가거나, 축구에서 아무짝에도 쓸모없는 꿔다 놓은 보릿자루가 되거나, 오래달리기에서 몇 바퀴 처지는 경험이 사람을 운동 부족으로 만든다.

그에 비하면 스노클링은 강사의 말에 따르며 바다에 떠 있기만 하면 된다. ……나도 처음 해 보는 거라 어디까지나 예상에 지나지 않지만 말이다.

"마음 느긋하게 먹어. 수족관에라도 온 기분으로 말이야."

"수족관에서는 물에 빠질 위험이 없다고요……! 수조가 깨진다면 몰라도요……!"

"내일 수족관에 갈 거니까 괜한 플래그 세우지 마. 그리고 구명조끼도 걸쳤잖아. 가라앉고 싶어도 못 가라앉아."

"맞아요~!"

여성 강사가 미소를 머금더니, 몸을 웅크리면서 이사나에게 말했다.

"안전에 충분히 배려하고 있으니, 마음 놓고 바다를 즐겨 주세요! 정 불안하다면 언제든 저에게 의지하세요!"

"아, 네……."

……뭐, 괜찮을 것이다. 초면인 어른 상대로 긴장할 여유

가 아직 있는 것 같으니 말이다.

그리고 포인트에 도착한 우리는 드디어 보트에서 내린 후, 바닷속 세상을 들여다봤다.

사실 나도 전혀 긴장하지 않은 건 아니다. 그도 그럴 것이, 바다에서 본격적으로 헤엄을 치는 건 처음이니 말이다. 라쿠로 고교에는 수영 수업도 없고, 스노클링 사전 학습을 제외하면 헤엄을 치는 것 자체가 꽤 오랜만이다.

하지만 해수면에서 스며든 햇빛을 받아 눈부시게 빛나는 산호초를 보니, 그런 것은 전부 까맣게 잊게 됐다.

자연에 그렇게 감동하는 타입은 아니지만, 이건 마치 이세계를 들여다보고 있는 느낌이었다.

우리는 강사의 지시에 따라 주위를 헤엄치면서, 바닷속 세상을 만끽했다. 유메는 미나미 양, 그리고 아스하인과 함께 산호초에 사는 컬러풀한 물고기들과 놀고 있었다.

아메리칸 빌리지에서 고립되었던 아스하인을 데리고 돌아온 후로, 두 사람은 조금 가까워진 것 같았다. 아스하인은 아직 거리를 두는 기색이 있지만, 유메는 그것을 무시하듯 적극적으로 그녀에게 다가가고 있었다.

과거에 이런 일이 있었을까, 하고 나는 감회에 젖었다. 고교 데뷔를 했다고는 해도, 유메의 근본적인 성격은 달라지지 않았다고 생각한다. 아마 타고난 성격은 노력으로 어찌할 수 없는 것이리라.

하지만 아스하인을 상대할 때만은 마치 막 유메의 친구가 됐을 적의 미나미 양처럼 막 휘둘러대면서 가까워지려 하고 있었다.

나는 중학생 시절을 떠올렸다. 자신보다 인간관계에 서툴러서, 주위로부터 고립되어 있던 한 여자애— 어울리지도 않게 그런 애와 얽히려 했던 과거의 자신을 말이다.

……뭐, 지금의 유메에 비하면 중학생 시절의 나나 작년의 미나미 양은 동기가 꽤 엉큼했다고 생각하지만…….

나는 나대로 이사나를 돌봐 주면서, 적극적으로 바다에 잠수하는 카와나미에게 이리저리 끌려다녔다. 이사나를 힐끔 쳐다보니, 고글 안의 눈을 크게 치켜뜬 채 바닷속 세상을 응시하고 있었기에— 이제 걱정하지 않아도 될 것 같았다.

헤엄에 익숙해졌을 무렵, 유메가 자신을 향해 몰래 손짓하는 모습이 눈에 들어왔다.

이사나와 카와나미의 곁에서 벗어난 내가 유메 곁으로 헤엄쳐서 다가가 보니, 그곳에는 열대어 같아 보이는 손바닥 사이즈의 줄무늬 물고기 수십 마리가 무리를 짓고 있었다.

유메가 그 무리를 향해 손을 내밀자, 물고기 중 몇 마리가 코끝으로 그 손을 톡톡 두드렸다. 나도 손을 내밀자, 물고기가 손을 톡톡 두드렸다.

살아 있구나. —그런 당연한 생각이 들었다. 모니터와 수조의 유리 너머로는 느낄 수 없는 것이, 눈앞에 존재했다.

고글 너머로 유메와 얼굴을 마주한 후, 서로에게 눈웃음을 보냈다.

뭐야……. 나도 꽤 만끽하고 있잖아.

중학생 시절의 내가 이렇게 수학여행을 평범하게 즐기는 미래의 나를 본다면, 분명 실망할 거란 생각이 들었다.

이리도 유메 ◆ 그림자는 어둠 속

"엄청났어~! 전부 새파랗더라니깐~!"

"마, 맞아요……! 물고기가 눈앞에서 헤엄치는데……!"

"날씨가 맑아서 다행이야. 위쪽을 봐도 새파라니, 마치 바닷속에 녹아드는 것 같았어."

스노클링 체험을 마친 후, 우리는 잠수복 상반신만 벗고 보트 위에서 감상을 이야기했다.

잠수복 안에 입고 있던 비키니 수영복은 히가시라 양의 것도 포함해 셋이 함께 사러 간 것이며, 히가시라 양의 수영복을 고를 때는 미나미 양이 열광했었다. 하지만 지금 그렇게 집착하던 수영복이 눈앞에 있는데도, 미나미 양은 바다 감상만 입에 담고 있었다.

"그다지 와 본 적 없지만, 나는 바다를 좋아하는 것 같아."

미나미 양이 흔들리는 수면을 쳐다보면서 그렇게 말했다.

"유메 양이 말한 것처럼, 마치 녹아드는 느낌이 정말…….

사소한 일은 아무래도 상관없어지더라니깐. 다음에 돈 모아서 또 올까~. 어때? 카와나미!"

미나미 양이 갑자기 카와나미에게 말을 건넸지만, 그는 딱히 당황하지 않으며 대꾸했다.

"아, 좋지! 나, 다음에는 서핑도 해 보고 싶네~."

"서핑?! 패션 인싸의 극치 아냐?!"

"번들거리는 까무잡잡 피부의 바다 사나이가 되어 주겠어……."

"안 어울려~!"

미나미 양과 카와나미는 둘이 함께 깔깔 웃었다.

그 사이에서, 나는 옆에 앉아 있는 아스하인 양에게 말을 건넸다.

"아스하인 양은 어때? 즐거웠어?"

"네……. 뭐랄까, 감명을 받았어요."

왠지 아스하인 양은 개운한 표정으로 그렇게 말했다.

"미나미 양이 말한 것처럼, 조그마한 자신이 바다에 녹아서 사라지는 듯한……. 이렇게 아무 생각 없이 시간을 보낸 건 오랜만이에요."

오전에 그런 일이 있어서 그런지, 아스하인 양과는 전보다 평범하게 이야기를 나누게 됐다. 하지만, 지금은 더 수다스러워진 것 같았다. 이것도 대자연의 파워인 걸까.

참고로 미즈토는 보트 가장자리에 기댄 채 멍하니 앉아

있었다. 익숙하지 않은 운동에 지친 것 같았다. 히가시라 양의 운동 부족 해소를 위해 해양 체험 코스를 선택했다더니, 남 말할 자격이 없는 것 같네.

보트가 육지에 도착한 후, 잠시 시간이 남았다. 이때는 바다에서 놀아도 된다고 한다.

하지만 나도 체력이 많은 편은 아니라 해변에서 놀고 있는 요시노 양의 조를 파라솔 아래에서 쳐다보고 있을 때, 아카츠키 양이 시원한 캔 주스를 가지고 왔다.

"수고했어~!"

"수고했어."

건네받은 캔 주스를 따는 사이, 아카츠키 양이 옆에 앉았다.

그리고 내가 주스를 입에 대려던 순간, 아카츠키 양이 음흉한 표정을 지으며 말했다.

"유메도 참 능숙해졌네♥"

의미심장한 말이었기에, 나는 무심코 주스에서 입을 뗐다.

"어? 뭐…… 뭐가 말이야?"

"아스하인 양과 카와나미가 안 보는 틈에, 이리도와 꽁냥댔잖아. 정말 빈틈없네……. 나로선 좀 쓸쓸해~."

"빈틈없다니, 내가 무슨 교활한 인간이라는 듯이……."

내가 쓴웃음을 흘리자, 아카츠키 양은 「하지만……」 하고 덧붙여 말했다.

"의외로 위험한 다리도 건너잖아. 나, 알고 있거든~? 어젯밤에도 풀장에서…….”

“뭐?!”

어떻게 아카츠키 양이 그걸……? 미즈토와 만나는 건 눈치챘을지도 모르지만, 풀장에서 만나기로 한 것까지는 모를 텐데……! 혹시 아카츠키 양이 그 화단 뒤에 숨어 있던—.

“고마워해! 내가 보초를 섰거든!”

“뭐? 보초를 섰다니…… 그게 무슨 소리야?”

“밤 아홉 시에 이리도와 만나려나 보네~ 하고 생각했거든. 그래서 미안하지만 10분 전에 이동해서, 유메가 풀장에 들어가는 걸 봤어. 그리고 다른 반 애— 사카미즈 네와 마주쳐서, 걔들과 수다를 떨면서 풀장 입구를 감시했다니깐~. 유메의 밀회를 방해하지 못하도록 말이지!”

그러고 보니 풀장에서 나갔을 때, 같은 층에서 학생의 기척이 느껴졌다……. 그건 아카츠키 양과 마키 양이었던 걸까.

“……저기, 그건 거의 스토킹 아냐?”

“에헤헤~.”

내가 아카츠키 양이었어도 같은 짓을 했을지 모른다. 신경 쓰일 테니 말이다.

그래. 아카츠키 양이 풀장 입구를…… 우리가 이야기를 나누는 동안 쭉—.

—잠깐만?

“그 감시 말인데…… 언제까지 한 거야?”

"그야 유메가 이리도와 함께 나올 때까지야~."
"그 사이에 다른 누군가가 풀장에 출입하진 않았어?"
"물론이지. 내가 두 눈 크게 뜨고 감시했거든!"
……어떻게 된 거지?
그렇다면…… 우리가 쫓아간 그 그림자는 어디로 사라진 거야?

풀장 입구는 하나뿐일 텐데……. 적어도 그 그림자가 향한 장소에는 아카츠키 양이 감시하고 있었다는 그 출입구 말고는 도망칠 곳이 없다.

우리에게서 도망친 범인은 분명 아카츠키 양의 눈에 띌 수밖에 없는 것이다.

그런데…… 아카츠키 양은 못 봤다고 말했다.

마키 양들과 이야기를 나누면서, 라고 말했으니 아카츠키 양 본인에게도 알리바이가 있다. 그 증언은 거짓이 아닐 것이다.

그렇다면 범인은 어디로 간 것일까?

연기처럼 사라져 버리기라도 한 거야……?

새로운 수수께끼를 품은 채 바나나 보트 체험을 마친 우리는 탈의실로 들어섰다.

히가시라 양이 잠수복의 지퍼에 손을 뻗으면서 크게 숨을 내쉬었다.

"휴우…… 드디어 숨 좀 쉴 수 있겠네요."

"당연히 갑갑할 거야! 이렇게 몸 앞쪽이 불룩하잖아!"

그렇게 외친 아카츠키 양은 히가시라 양의 가슴 위쪽에 있는 지퍼를 그대로 슬라이드시켰다. 그리고 목을 잠수복에서 빼내고, 소매에서 팔을 빼자…….

"크어어억~!"

해방된 H컵에, 아카츠키 양의 조그마한 몸은 출렁~하며 튕겨 나가고 말았다. 아니, 그럴 리가 없다. 일부러 저런 게 틀림없어.

가슴이 크면 잠수복을 입고 벗는 게 힘들 테니, 도와주는 편이 좋을 것이다.

"아스하인 양도 내가 도와줄까?"

"어, 아, 으음…… 그럼, 잘 부탁드려요."

나는 아스하인 양의 잠수복 지퍼를 내려 줬다. 자기 지퍼를 내리는 것보다 훨씬 편했다. 그리고 아카츠키 양이 한 것처럼 목과 팔을 빼서 상반신을 벗겨 준 후, 겸사겸사 잠수복을 하반신까지 돌돌 말듯이 벗겨 줬다.

왠지 여동생을 돌봐 주는 것 같다. 나는 외동딸이었으니까, 이런 것도 좀 즐겁—.

—그런 감정은…….

아스하인 양의 허벅지가 드러난 순간— 사라지고 말았다.

아카츠키 양처럼, 흑심이 생겨난 것은 아니다.

오른쪽, 허벅지의, 바깥쪽—.

거기에, 반창고가 붙어 있었던 것이다.

"……아스하, 인 양. 이건……?"

"아…… 그건……."

아스하인 양은 잠시 머뭇거리더니…….

"어제…… 다쳤어요. 거의 다 나았으니, 신경 쓰지 마세요."

"그렇……구나."

나는 겨우겨우, 그 말을 입에 담았다.

미즈토가 말했다.

우리의 밀회를 훔쳐본 범인은, 몸 어딘가에 나뭇가지에 베인 상처가 나 있을 거라고—.

아스하인 양은 젖은 반창고를 직접 떼어 냈다.

그 반창고 아래에는—.

—날카로운 나뭇가지에 베인 듯한, 작은 상처가 나 있었다.

이리도 미즈토 ◆ 이럴 때 연인이 해 줄 수 있는 건

이튿날의 숙박시설은 해변에 인접한 산속에 호텔을 비롯한 리조트 설비를 전부 갖추고 있는, 거의 마을 규모의 장소였다.

그 안에 있는 숙박동 앞에 각 체험 코스를 마친 학생들이 모여 있었다. 현재 교사가 인원 체크를 하고 있으며, 그것이 끝나면 저녁 식사 때까지 대부분의 학생은 자유 시간을 가진다. —하지만 우리 반의 조 중 하나가 지각했다. 그 덕분이라고 해야 할지, 우리는 한동안 각각 자유로운 시간을 보내고 있었다. ,

"……저기, 나 좀 봐."

그 시간에, 유메가 몰래 내 소매를 잡아당겼다.

그리고 유메는 아무 말 없이 학생들과 조금 떨어진 곳으로 이동했다. 뭔가 할 말이 있는 것 같았다. —나는 그녀의 뒤를 따르면서, 호텔 근처에 있는 커다란 풀장 쪽으로 향했다.

열대 지방 느낌을 연출하기 위해서인지, 풀장 주위에는 야자나무가 심겨 있었다. 그것이 기울어 가고 있는 태양의 빛을 받아서 자아낸 가늘고 긴 그림자 안에, 유메는 서 있었다.

"무슨 일이야?"

고개를 숙이고 있는 유메에게, 나는 물었다.

유메는 잠시 그대로 망설이듯— 혹은 당황한 듯— 침묵하더니, 곧 머뭇거리며 입을 열었다.

"실은…… 어젯밤의 범인 말인데……."

"혹시 단서라도 발견했어?"

유메는 고개를 끄덕인 후, 말했다.

"아스하인 양의, 허벅지에…… 상처가 나 있었어."

"……아스하인 말이구나."

"놀라지 않는 거야?"

"우리를 본 범인이 분명히 있을 텐데, 그 정보는 퍼지지 않았어. 그러니 우리와 접점이 있는 사람일지도 모른다고 예상했거든."

그렇다면, 우리 관계를 비밀로 해 주고 있는 것도 설명이 된다.

게다가 우리가 만나기로 한 시간대에 풀장에 온 것도 말이다. 나와 유메가 풀장에 들어가는 모습을 우연히 봤을 가능성도 물론 있지만, 우리의 대화를 듣고 만나기로 했다는 사실을 눈치챘을 가능성도 존재하는 것이다.

솔직히, 나는 6할 정도의 확률로 카와나미가 범인이라고 생각했다.

하지만 범인이 아스하인이라면, 오늘 그녀의 태도가 확 달라진 것도 설명이 된다. 우리 관계를 알았기에 나에게 대시하는 것을 관두고, 유메와도 서먹해진 것이다…….

"그래서…… 너는 어떻게 할 건데?"

나는 유메에게 물었다.

"범인이 아스하인이라면, 괜히 소문을 퍼뜨리진 않을 거야. 이대로 눈치 못 챈 척을 해도 아무런 지장도 없어."

"……그래."

"그래선 마음이 개운해지지 않는다고 얼굴에 쓰여 있는걸."

유메의 얼굴은 여전히 어두웠다.

화가 난 것은 아니다. 그저 의문이 남아 있는 것이다.

어째서, 우리 밀회를 훔쳐본 것일까?

아스하인은 성격상 그런 짓을 할 타입이 아니다. 뭔가 이유가 있을 것이다. ―그녀 자신만 아는 이유 말이다.

하지만 망설이고 있다. 모처럼 사이가 좋아졌을지도 모르는 아스하인에게, 그런 것을 캐물어도 될까.

"너, 마피아 게임을 잘 못하지?"

"뭐?"

유메는 허를 찔린 듯이 고개를 들었다.

"능숙하게 외면을 숨기는 타입이 아니잖아. 우등생 캐릭터로 이제까지 잘 해 온 건, 그게 네 본성에 가까워서지? 신경 쓰이는 일이 있는데도 그것을 숨긴 채, 계속 교류를 이어 가는 건 너한테 무리야."

"그건…… 그럴지도 모르지만……."

"용기를 낼 거면 서두르는 편이 좋아."

나는 유메의 어깨에 손을 얹으며 말했다.

"의붓남매와 사귀는 것에 비하면, 별일 아니잖아?"

내가 미소 짓자, 유메도 나를 올려다보며 난처한 듯이 쓴 웃음을 머금었다.

"그건 그래."

분명 유메는 마음속으로 거의 결심을 마쳤을 것이다.

그저 내가 자기 등을 밀어주길 바랐으리라. 나도 당사자라서가 아니라…… 운명공동체인 연인에게 말이다.

"나…… 확인해 볼래. 아스하인 양과 나 사이에는…… 아직 풀리지 않은 응어리가, 많이 있는 것 같아."

"힘내."

짤막하고 간단한 이 말이, 내가 건넬 수 있는 최대한의 응원이었다.

이리도 유메 ◆ 타이밍을 재다

돌아가 보니, 지각한 조가 선생님에게 변명하고 있었다. 여자 세 명, 남자 세 명으로 구성된 그 조는 주도권을 쥔 여학생들이 집합 시간을 착각했었다고 한다. 그 바람에 좀 다툰 것 같았다.

2학년 7반은 여학생 열다섯 명과 남학생 열다섯 명으로 구성된 학급이며, 남녀의 숫자가 같지만 요시노 양이 있어서 그런지 여자들의 권력이 강했다. 남학생들은 그런 것을 그다지 신경 쓰지 않는 경향이 있지만, 이런 행사 때는 알력이 발생했다.

그 후에 무사히 인원 체크가 끝나자, 조장 회의를 했다. 학급별로 다섯 명 있는 조장이 모여서 그날 일을 보고하는 자리다. 아까 지각 소동을 제외하면, 별다른 일은 없었던 것 같았다.

다음은 저녁 식사와 레크리에이션. 오키나와 소바를 먹고 민요 라이브를 감상하는, 오키나와 느낌이 물씬 나는 시간이었다.

그것도 끝나자, 드디어 자유 시간이 찾아왔다―.

"하아……. 리조트 느낌이 물씬 나……."

오늘 객실에는 베란다가 있으며, 그곳에서는 열대 지방 느낌의 나무들과 한밤의 해변을 볼 수 있다. 아카츠키 양은 베란다에 놓인 의자에 앉더니, 느긋하게 풍경을 감상했다.

"이런 아무것도 안 하는 시간이 좋네~. 마음이 휴식을 취하는 느낌이 들어."

"뜻밖이야……. 아카츠키 양은 가만히 있으면 죽는 타입인 줄 알았어."

"내가 무슨 안 움직이면 죽는 참치냐?!"

옆의 의자에 앉은 나에게 태클을 거는 목소리 또한, 왠지 부드러웠다.

교우관계의 넓이를 생각하면 내 몇 배나 되는 커뮤니케이션을 SNS 등으로 매일 처리해야 하는 아카츠키 양이니까, 때로는 이렇게 스마트폰과 거리를 두며 디톡스를 할 필요가 있을지도 모른다.

"유메, 나중에 선물 가게 가자~."

"응. 나도 학생회 선배들에게 줄 걸 사고 싶거든."

나는 그렇게 말하면서 방 안을 힐끔 쳐다봤다.

방안에서는 히가시라 양이 침대에 벌러덩 드러누워 있었으며, 아스하인 양은 다른 침대에 걸터앉아서 참고서를 읽고 있었다.

아스하인 양과 단둘이 이야기를 나눌 기회를 만들어야 하는데…… 미즈토의 말처럼, 시간이 지날수록 물어보기 어려워질 것이다.

"아스하인 양도 같이 안 갈래?"

내가 뒤를 돌아보며 그렇게 말하자, 아스하인 양은 참고서에서 눈을 떼며 고개를 들었다.

"아스하인 양도 회장님과 아소 선배에게 줄 선물을 사야 하잖아!"

"그래요…. 신세 지고 있으니까요."

됐다. 일단 같이 방을 나서는 데는 성공했다. 방 안에서는 단둘이 이야기를 나눌 기회가 절대 찾아오지 않을 것이다.

"히가시라 양은 어떻게 할래~?"

아카츠키 양이 묻자, 히가시라 양은 침대에 드러누운 채 손을 내저었다.

"관둘래요……. 선물 줄 상대도 없거든요……."

"부모님이 계시잖아……."

나는 쓴웃음을 머금었지만, 히가시라 양은 몸을 일으키지 않았다. 꽤 피곤한 것 같았다.

"뭐, 그러면 쉬고 있어~."

그렇게 말한 아카츠키 양은 자리에서 일어났다.

나중에 가자고 말했으면서, 지금 바로 가려는 것 같았다.

나도 몸을 일으킨 후, 방 안으로 들어갔다.

"가자, 아스하인 양."

"네."

아스하인 양도 참고서를 가방에 넣더니, 지갑을 들고 침대에서 일어났다.

우리는 히가시라 양을 방에 남겨 두고 밖으로 나갔다.

숙박동을 나선 우리는 그대로 길을 따라 걸었다.

길가에 심어진 잎이 가늘고 삐죽한 야자나무(?)에는 눈부신 조명이 달려 있어서, 밤인데도 길은 충분히 밝았다.

시야는 화려하지만, 청각은 조용했다. 파도 소리만이 멀리서 상냥하게, 되풀이해서 들려왔다……. 이렇게 바닷소리를 듣고 있으니, 정말 먼 곳까지 왔다는 느낌이 들었다. 교토시에서는 바다를 접할 기회가 거의 없으니 말이다(일본 최대 호수인 비와호가 더 친숙하다).

커브를 그리는 도로를 따라 나아가자, 선물 가게가 보였다. 1층 건물이며, 처마 끝에 커다란 차양이 달려 있었다.

안에 들어가 보니, 슈퍼 같은 공간에는 친스코와 사타안다기 같은 오키나와의 전통 과자와 사자와 개를 합친 듯한 모습을 한 시사라는 오키나와 전통 수호신의 장식품 같은 공예품과 민예품이 잔뜩 놓여 있었다. 그 선반 앞에서 아는 사람을 발견했다.

"어, 안녕."

카와나미가 손을 가볍게 흔들었다. 그 옆에서는 미즈토가 말없이 우리를 쳐다보고 있었다.

아카츠키 양이 손을 들어 보이면서 두 사람에게 다가갔다.

"선물 고르는 거야? 기특하네."

"이런 건 꽤 신경 쓰는 타입이거든. 너도 알잖아?"

"나한테는 안 줘~?"

"너한테 왜 줘~. 진짜 욕심 많은 애네."

소꿉친구간의 그런 모습을 훈훈한 눈길로 보고 있을 때, 미즈토가 의미심장한 시선을 보내왔다.

그의 눈이 한순간, 내 옆에 있는 아스하인 양을 향했다.

그 순간, 나는 미즈토의 의도를 이해했다.

"아스하인 양, 우리는 저쪽을 보러 가자."

"아…… 네."

아카츠키 양과 카와나미가 소꿉친구 공간을 전개한 지금이 기회다. 나는 아스하인 양과 단둘이 가게 구석으로 향했다. 분명 미즈토가 시간을 벌어 줄 것이다.

이리도 미즈토 ◆ 확정된 것

유메가 아스하인을 데리고 다른 곳으로 이동하는 모습을,

나는 은근슬쩍 확인했다.

다행히 카와나미와 미나미 양은 눈치 못 챈 것 같았다. 이 두 사람이 괜히 끼어들면 이야기가 꼬일 가능성도 있다.

적당히 두 사람의 이야기에 끼어들며 시간을 벌고 있을 때, 미나미 양이 문뜩 뭔가가 생각난 표정을 지으며 말했다.

"이리도, 그러고 보니 말이야~. 유메한테도 물어봤는데……."

"오, 뭔데? 뭔데?"

"……."

나보다 먼저 반응을 보인 카와나미를, 미나미 양은 날카롭게 노려봤다.

"너한테 한 말 아니거든? 관음증 환자는 꺼져! 쉿, 쉿~!"

"그래그래, 알았다고. 저쪽에서 귀 막고 있으면 되지?"

카와나미는 결백을 주장하듯 두 손을 들더니, 가게 구석으로 이동했다. 선반에 놓인 물건을 살피면서, 두 손으로 귀를 막고 있었다. 참 잘 길들인 것 같았다.

미나미 양은 목소리를 약간 낮추더니, 아까 하려다 만 말을 이어갔다.

"유메와 어젯밤 일을 이야기 나눴는데…… 무슨 일 있었어?"

"무슨 일이라니— 그 이전에 유메와 어제 무슨 이야기를 나눴는데?"

"안 숨겨도 돼~. 나, 두 사람이 풀장에 들어가는 걸 봤거든~."

"대체 어쩌다— 하고 물어봤자 소용없나."

"에헤헷~."

미행일까, 보초일까……. 양쪽 다 그녀의 특기다.

"그러면 확인 삼아 묻겠는데, 언제부터 보고 있었어?"

"오후 아홉 시 10분 전— 그러니까 8시 50분 정도야. 스마트폰이 없어서 자세한 시간은 모르지만, 아마 그쯤이었다고 생각해."

"보초 쪽이구나……. 그럼, 왜 무슨 일이 있었다고 생각하는 거야?"

"그 이야기를 한 후에, 유메가 골똘히 생각에 잠겼거든. 그래서 그때 무슨 일 있었던 거 아닐까 하고 생각했어. 싸운 건…… 아니지? 그런 분위기는 아니었어."

"무슨 일이 있긴 했는데……."

그녀에게 어젯밤의 일을 이야기할지 말지, 나는 망설였다.

이야기해 주면, 그녀는 넓은 교우관계에서 비롯된 정보망으로 힘이 되어 줄 것이다. 하지만 나는 다른 건으로 그녀를 **의심**하고 있다.

게다가 미나미 양의 절친인 유메도 이야기하지 않았으니까…….

"……유메와 어떤 이야기를 나눴어? 좀 자세하게 들려줘."

"방금 이야기와 별반 다르지 않아. 유메가 풀장에 들어갔다가 너희 둘이 같이 나올 때까지, 내가 풀장 입구를 감시했다는—."

"뭐?"

그 말이 사실이라면…… 도망친 범인이 대체 어디로 사라진 것이냐는 이야기가 된다.

"그게 사실이란 걸 증명해 줄 사람은 있어?"

"뭐야, 뭐야? 갑자기 경찰처럼 구네. 증명해 줄 사람 있거든? 사카미즈와 카나이가 같이 있었어."

"네가 보초를 서고 있었다는 걸 아는 사람은 있어?"

"나뿐이야. 이런 걸 누구한테 이야기해~."

"그래……."

유메가 생각에 잠길 만도 했다. 이것은 미스터리 마니아가 딱 좋아할 만한, 밀실 사건이다.

그렇다면, 생각할 수 있는 건—.

"……어?"

아니…… 잠깐만.

그렇다면— 말이 안 된다.

오늘 아침 일을 들으면서, 나는 유메로부터 이야기를 들었다. —풀장에서 방으로 돌아갈 때, 먼저 방에 돌아가 있었던 이가 누구인지를 말이다.

"하아……."

"정말~! 둘 다 뭘 그렇게 골똘히 생각하는 거야? 하아~!"

"미나미 양…… 미안하지만, 아무것도 묻지 말고 내 질문에 한 번만 더 답해 주지 않겠어?”

“일단 질문부터 들어 볼게. 뭔데?”

“우리가 나올 때까지 보초를 서고 있었댔지? 그건 첫 번째야? 아니면 두 번째?”

“아~. 두 번째야. 한 번 풀장에서 나온 후에 다시 돌아갔다가, 다시 나와서 엘리베이터 쪽으로 향할 때까지!”

“그랬구나…….”

도망친 이를 쫓아서 복도에 나온 시점에서 보초를 관뒀다면, 어찌어찌 설명된다.

하지만, 두 번째까지 감시하고 있었다면— 틀렸다.

아스하인 란은, 범인이 아니다.

이리도 유메 ◆ 어차피 너는 몰라

선반에 놓인 각양각색의 류큐 유리그릇을 보면서, 나는 말을 할 기회를 엿봤다.

어떻게든 자연스럽게 아스하인 양에게서 사실을 확인할 수 있으면 좋겠지만…… 자연스러운 흐름 같은 건 도저히 무리다. 결국, 나는 각오를 다질 수밖에 없다. 착각이면 상관없다…… 사실일지라도, 나는 화낼 생각이 없다.

그저, 가능하다면 그녀가 무슨 생각을 하는 건지 알려 줬으면 한다. ―그게 전부다.

말없이 류큐 유리를 응시하고 있는 아스하인 양을 힐끔힐끔 쳐다보면서, 나는 머뭇머뭇 입을 뗐다.

"저기…… 좀 이상한 걸 물어도 될까?"

아스하인 양의 얼굴이 나를 향했다.

나는 마른침을 삼킨 후, 똑바로 그녀를 쳐다보지 못하며 질문을 던졌다.

"어젯밤 아홉 시쯤에…… 어디서, 뭘 했어?"

내가 생각해도 참 기묘하고 무례한 질문을 던졌다고 생각한다. 하지만 그보다 나은 방법을 찾지 못했다.

아니나 다를까, 아스하인 양은 미심쩍은 듯이 미간을 찌푸렸다.

"그건, 어떤 의도가 담긴 질문이죠?"

"미, 미안해. 실은…… 그 시간에, 좋아하는 사람과 만나고 있었거든……."

이런 질문을 했으니, 솔직하게 털어놓을 수밖에 없다. 그 상대가 미즈토란 사실만은 숨기면서—.

"그때, 누군가가 우리를 본 것 같아. 그게 누구인지 신경 쓰여서……. 혹시 뭔가 알고 있는 게 있다면, 알려 줬으면 해서……."

나는 한 번 더 아스하인 양을 곁눈질했다.

아스하인 양은 이미 나를 쳐다보고 있지 않았다.

만화경처럼 화사한 색상의 류큐 유리를 응시하면서— 깊

고, 무거운 목소리로 이렇게 말했다.

"—당신은, 참 순수하군요."

"……뭐?"

뜻밖의 대답이었기에, 이번에는 내가 아스하인 양의 얼굴을 쳐다봤다.

"입을 열었다 하면 즐겁게 사랑 이야기만 해요……. 제가 아무리 적대시해도, 노력해도, 전혀 신경도 쓰지 않으면서……."

"……아스하인 양……?"

"저는 쭉— 당신만을 생각하고 있는데도요."

그 말이 입에서 나온 순간, 아스하인 양은 퍼뜩 놀라며 내 얼굴을 쳐다봤다.

나의— 아마도, 당혹스러워하는 얼굴을 말이다.

아스하인 양은 고개를 숙이며 입을 꼭 다물었다. 분한 듯이, 부끄러운 듯이……. 나는 이러지도 저러지도 못했다. 어떻게 하는 게 정답인지 알 수 없었다.

그러는 사이, 아스하인 양이 뒤돌아섰다.

"아스하인 양!"

내가 부르는데도, 아스하인 양은 가게를 뛰쳐나갔다.

나는 반사적으로 그녀를 쫓아갔다. 인공의 빛이 비치는 리조트의 도로로 뛰쳐나간— 저 조그마한 등이 어둠 속으로 사라지기 전에 말이다.

아슬아슬하게, 따라잡았다.

내 손이, 아스하인 양의 손을 움켜쥐었다.

"갑자기, 왜 이러는 거야……?!"

아스하인 양은 나에게서 돌아선 채, 쥐어짠 듯한 목소리로 대답했다.

"갑자기가…… 아니에요."

"뭐……?"

"저는 쭉…… 괴롭고…… 인정하기 싫은 데다…… 화나서…… 머릿속도, 가슴속도, 엉망진창인데……."

아스하인 양의 어깨가 떨리고 있었다.

마치, 댐이 무너지기 직전인 것처럼—.

"왜 이렇게, 당신 생각만 해야 하는 거죠? 이런 걸 원한 적 없는데…… 한시라도 빨리 관두고 싶은데……."

"내가, 뭘 잘못하기라도 한 거야……? 그렇다면—."

"당신은…… 아무것도 하지 않았어요. 저는 쭉…… 당신을, 라이벌이라고 생각했는데……!"

라이벌—.

나는 떠올렸다. 학생회실에서 처음 만났을 때의, 그녀의 도전적인 눈빛을.

시험 때마다 나를 향한, 그 전의에 찬 눈빛을.

그러고 보니— 2학년이 된 후로, 그런 눈빛을 받은 적이 없다.

아니, 2학년이 된 후부터가 아니다.

1학년 학년말 시험에서, 아스하인 양이 나를 제치고 1등을 한 후부터—.

—아아, 그렇구나.

나는—.

"왜, 분통을 터뜨리지 않는 거죠?!"

—아스하인 양에게 처음으로 진, 바로 그때.

나는 들떠 있었다. 미즈토와 다시 사귀게 되어서, 너무 즐거웠다.

그래서 자신의 시험 등수 같은 건 전혀 신경 쓰지 않았다.

그래서, 1등을 한 아스하인 양에게— 처음으로 나에게 이긴 그녀에게…….

구김 없이, 솔직하게, 이렇게 말했다.

—축하해, 라고 말이다.

"저는 진심이었어요! 당신도 진심인 줄 알았어요! 그래서 당신 말대로 수면 시간도 지키고…… 그 어떤 시간도 아껴가며 공부한 끝에…… 겨우! 겨우 이겼는데……!"

넘쳐 나온 본심이, 한밤의 리조트에 울려 퍼졌다.

"시험 따위에 진심인 제가 그렇게 우습나요?! 사랑에 빠져 노닥거리는 당신들이 정상인 건가요?! 그렇다면 가르쳐 주세요! 어떻게 하면 정상이 될 수 있죠?! 남자 상대로 가슴이 뛴 적이, 태어나서 지금까지 단 한 번도 없는 저한테요!"

아아— 이제 와서, 정말 이제 와서 깨달았다.

쿠레나이 회장도, 아소 선배도, 다들 남친이 생겨서, 그런 이야기만 나누게 된 후로…….

그녀는 쭉, 그 이야기에 끼지 못했다.

그런 것을 신경 쓰는 타입일 줄은 생각도 못했다……. 그런 이야기나 하는 우리를 한심하게 여기며, 대충 흘려듣고 있는 줄 알았다…….

어떻게 생각하는지는, 실제로 물어보지 않으면 알 수 없는데도 말이다.

"미…… 미안해……. 나…… 아스하인 양을, 전혀……."

"—괜찮아요."

아까까지의 격렬한 감정 따위 전부 거짓이었다는 듯한 차디찬 목소리였다.

하지만 뒤돌아보는 아스하인 양의 눈에는 눈물이 맺혀 있었다.

그리고 그녀는 고했다.

가면 너머에서, 작별의 말을…….

"저 같은 건…… 어차피 모르잖아요?"

힘이 빠진 내 손을, 억지로 뿌리쳤다.

그리고 아스하인 양은 밤의 어둠 속으로 사라졌다.

이번에는, 쫓아갈 수 없었다.

말을 걸 수도 없었다.

그 어떤 말도, 지금의 나에게는 버거웠다.

멋대로 친구라 여겼을 뿐인, 독선적인 나에게는 말이다.

Yamada
BUS STOP

이리도 유메 ◆ 모르는 채로는

수학여행 사흘째, 아침—.

천천히 침대에서 몸을 일으켜 보니, 네 개의 침대 중 하나가 이미 비어 있었다.

……아스하인 양…….

짐도 깨끗하게 치워져서, 그녀의 존재를 알려 주는 흔적이라고는 구겨진 시트뿐이었다.

나는, 어젯밤의 일을 떠올렸다.

아스하인 양을 쳐다보고 있을 수밖에 없었던, 그 후의 일을—.

"아스하인은 범인이 아니었어."

지나치게 밝은 조명이 설치된 나무 아래에서, 미즈토는 그렇게 말했다.

"미나미 양이 풀장 입구를 감시하고 있었다는 말을 듣

고…… 확실해졌지. 나도 네 이야기에 더 주의를 기울여야 했어……. 미안해."

"……무슨 말이야……?"

내가 고개를 숙인 채 힘없는 목소리로 묻자, 미즈토는 대답했다.

"미나미 양이 풀장 입구를 감시하고 있었으니, 범인이 탈의실을 빠져나가서 복도로 나간 것은 우리가 자기 방으로 돌아간 후인 게 돼."

"그 말은…… 숨어 있었다는 거야? 어딘가에 숨어서, 우리의 눈길을 피했다는 거네……?"

"그렇게 생각할 수밖에 없어. 탈의실에는— 사람이 숨기 좋은 커다란 사물함이 잔뜩 있었잖아."

……그랬다…….

탈의실 사물함……. 거기라면 우리가 나갈 때까지 숨어 있을 수 있을 것이다…….

"그때 내가 너보다 늦게 복도로 나온 걸 기억해? 실은 남자 탈의실의 사물함 안을 살펴봐서야. 너는 사물함을 살펴보지 않았지?"

"……응……."

그때— 내가 지나친 여자 탈의실에 숨어 있었던 걸까……. 우리를 훔쳐본 사람이…….

"범인은 우리가 나가고, 미나미 양이 감시를 관둔 후에,

여자 탈의실의 사물함 안에서 나왔어……. 그렇다면, 범인은 우리보다 먼저 방에 돌아갈 수 없지."

"……응."

"네가 방에 돌아갔을 때는 아스하인이 이미 있었어. 그러니 아스하인은 범인이 아냐. 만약 범인이라면, 곧장 방으로 향한 너를 추월한 게 되잖아."

"응……."

"……내가 왜 이 이야기를 지금 하는 건지 알아? 유메."

나는 고개를 살며시 저었다. 나에게는 생각할 기운마저 없었다.

미즈토는 상냥한 목소리로 말했다.

"우리를 훔쳐본 범인은 따로 있어. 하지만 아스하인의 허벅지에 상처가 난 건 사실이며, 누군가가 거기서 다친 것도 사실이지."

"……아……."

"오늘― 아스하인의 태도 또한 갑자기 달라졌지. 뭔가 이유가 있어서 아스하인이 그 화단 뒤에 숨어 있었던 건 사실일 거야. 우리가 만날 때가 아니라, 다른 타이밍에 말이지. ―아스하인은 거기서 뭔가를 봤어. 그리고 태도를 바꾼 거야……. 그 연장선상에서, 아까 그녀가 한 말로 이어진 거라고 나는 생각해."

―저 같은 건…… 어차피 모르잖아요?

그 밀쳐내는 듯한, 체념한 듯한, 그 말이 머릿속에 떠올랐다…….

"너는 이제, 알 마음이 가신 거야? 아스하인에게 무슨 일이 있었는지, 아스하인이 무슨 생각을 하고 있는지— 정말, 알고 싶지 않은 거야?"

나는 고개를 숙인 채, 무릎에 얼굴을 묻었다.

"모르겠어……. 모르겠지만, 그건 싫어……."

어린애 같다. 하지만 그것이 내 솔직한 심정이었다.

미즈토가 내 옆에 앉는 것을 기척으로 알 수 있었다. 그리고 상냥히 내 등에 손을 얹는 것을 감촉으로 알 수 있었다.

"나는 네 곁에 있어 줄 수 있어……. 하지만 겉치레 같은 말로 위로해 주거나, 아스하인에 대해 나쁘게 말해서 네 마음을 풀어 주진 못해……. 그건 공평하지 못하잖아. 아스하인에게는 그런 사람이 없는걸. 무엇보다 너 자신이 그것을 허락하지 않을 거잖아?"

그렇다. 이렇게 미즈토가 말을 건네주는 것조차 공평하지 못하다는 생각이 들었다.

미즈토에게 위로를 받은 후에 아스하인 양과 화해하려 할지라도, 그녀를 이해하는 건 평생 무리란 생각이 들었다.

어차피 모른다—.

그 말을 부정하는 건…… 평생 무리다.

"하룻밤 동안 천천히 생각해 봐."

미즈토는 말했다.

"그리고 네가 결정하는 거야. 그 후에는 내가 얼마든지 도와주겠어."

"······고마워."

그리고 하룻밤이 지났다.

우리는 무거운 공기 속에서 옷을 갈아입은 후, 객실을 나섰다.

그리고 아침을 먹기 위해 레스토랑에 갔다가, 미즈토와 마주쳤다.

미즈토는 먹고 있던 빵을 쟁반에 내려놓더니, 서 있는 내 얼굴을 올려다보며 말했다.

"결정했어?"

"응."

나는 알고 싶다.

모르는 채로 있고 싶지 않다.

우등생이 되더라도, 친구가 생기더라도, 학생회에 들어가더라도, 남친이 생기더라도, 이대로는 중학생 때와 마찬가지— 수동적이고, 어리석으며, 누군가가 어떻게 해 주기만 기다리던 나와 똑같다.

제대로 알고, 마주하지 않으면— 알 수 없다.

"그러면, 우선 할 일이 있어."

"할 일?"

"하나 더 있잖아. 이 수학여행 중에 일어난, 묘한 사건 말이야."

그렇게 말한 미즈토는 심술궂은 웃음을 흘렸다.

이리도 유메 ◆ 의미 없는 사건의 의미

그리고 변변찮은 설명도 듣지 못한 채, 나는 버스에 탔다.

시간이 그렇게 많지 않았고, 주위에 다른 사람이 잔뜩 있었지만, 그래도 미즈토가 나에게 심술을 부려 설명해 주지 않았을 뿐이란 생각이 들었다.

뭔가 알아낸 게 있으면 말 좀 하란 말이야!

나는 추리소설의 왓슨 역할인 사람의 심정을 실컷 체험하고 있었다. —그 와중에도 홈즈 님께서는 옆자리에 앉은 히가시라 양과 즐겁게 이야기를 나누고 있었다.

"이사나, 안내서 좀 보여 줄래?"

"자기 건 어떻게 했는데요?"

"버스를 타기 전에 맡긴 짐 안에 넣어 놨거든."

"아하, 그랬군요. 자요."

"……응. 깨끗하네."

"에헤헤. 칭찬받았네요. 저는 교과서와 공책도 새것 빰치게 깨끗하다고요!"

"그건 좀 더럽히라고."

내가 꿍꿍대는 사이에, 버스는 목적지에 도착했다.

사흘째 오전 예정은 추라우미 수족관 관람이다.

수족관 하니 작년에 미즈토와 같이 갔던 곳이 생각났지만, 추라우미 수족관은 역시나 스케일의 차원이 달랐다.

고래상어 조형물이 설치된 광장에서 기념 촬영을 마친 후, 터미널 역처럼 넓은 건물 안에 들어가서 하강 에스컬레이터에 올라섰다.

그러자 눈앞에 푸른 바다가 펼쳐졌기에 「오오~!」 하는 환성이 주위에서 들려왔다. 이곳은 수족관의 정문 같은 곳이지만, 실은 옥상에 해당하는 부분이었다. 그래서 바다를 한눈에 볼 수 있다.

에스컬레이터에서 내린 후에 오른편으로 향하자, 입구에서 티켓을 받았다. 하지만 이곳은 3층이다. 입구에서 2층, 1층으로 내려가는 게 추라우미 수족관의 관람 루트 같았다.

"……그런데, 이제부터 뭘 하는 거야?"

나는 작은 목소리로 옆에서 걷고 있는 미즈토에게 물었다.

딱히 조별 행동을 하는 건 아니기에 다들 마음대로 수족관을 둘러보고 있지만, 수족관 같은 전형적인 데이트 장소를 미즈토와 당당히 걷는 탓에 나는 불안에 휩싸여 있었다. 하지만 미즈토는 태연하기 그지없었다.

“정리하려는 거야. 풀장에서 벌어진 사건 이외의, 또 하나의 사건을 말이지.”

“혹시 수학여행 안내서가 도둑맞은 일을 말하는 거야? 그게 무슨 상관인데? 나는 그저— 아스하인 양이 무슨 생각을 하는 건지 알고 싶을 뿐이야.”

“나는 상관이 있다고 생각해. 아스하인이 그 사건의 범인이거든.”

“뭐?”

너무 뜻밖의 대사였기에, 나는 미즈토의 얼굴을 빤히 쳐다봤다.

그러는 사이, 수많은 산호가 심어진(?) 커다란 수조가 보이기 시작했다.

미즈토는 그 수조에서 헤엄치고 있는, 페인트칠을 한 것처럼 선명한 푸른색과 노란색 물고기를 응시하면서 말했다.

“정확하게는 범인 중 한 명— 알기 쉽게 설명하자면 공범이려나.”

“공범……? 왜, 왜 아스하인 양이 그런 짓을 한 건데……?!”

“거기까지는 나도 몰라. 뭐, 추측은 되지만— 그러니, 그 점을 확실히 하려는 거지.”

산호 수조 앞을 지나자, 『열대어의 바다』라는 구역으로 이어졌다. 다양한 색상의 물고기가 헤엄치는 모습을, 라쿠로 고교의 학생을 비롯한 관광객들이 관람하고 있었다. 수족관의 조용하고 차분한 이미지와는 정반대였다.

이 층의 수조는 옥상과 이어져 있어서, 햇빛이 스며들고 있었다. 수조를 통과하면서 푸른색으로 물든 빛이 통로와 관광객을 밝게 비추고 있었다.

나는 그 안을 걸으면서, 인파 너머로 열대어를 쳐다봤다.

"……기왕이면, 좀 제대로 보고 싶었어……."

"하지만 지금은 집중이 안 될 거잖아."

미즈토는 배려심이 묻어나는 목소리로 그렇게 말했다.

"언젠가 또 오자. 미나미 양, 아스하인과 함께 말이지."

"……응."

실은 『언젠가 또』 오게 된다면, 미즈토와 같이 올 생각이었다. 모처럼 여행을 왔는데, 둘만의 시간은 거의 가지지 못했으니 말이다.

하지만 지금은 아스하인 양들과 같이 오는 것도 괜찮겠다는 생각이 들었다. —같이 여행하고 싶은 사람이 이렇게 잔뜩 생겼다니, 내가 어느새 이렇게 행복해진 걸까 하는 생각이 들었다.

커다란 수조를 돌아보며 다음 구역으로 이어지는 좁은 통로에 들어섰다. 수조에서 흘러나오는 햇빛이 사라지자, 영화관 통로처럼 어둑어둑해졌다.

이 길 도중에는 눈에 익은 이가 있었다. 같은 반 여학생들이다. 어제저녁 집합 때 지각한 조인— 셋이 함께 걸으며,

꺄아꺄아~ 하고 환성을 지르고 있었다.

"저기 말이야."

미즈토가 그녀들에게 다가가서 말을 건넸다.

세 사람은 뒤를 돌아보더니, 약간 놀란 표정을 지었다.

"어, 무슨 일이야? 이리도……."

한가운데의 여자애가 일행을 대표해 한 말에서는 당혹감이 묻어났다.

나도 당혹스러웠다. 안내서 도둑 건을 조사한다고 했으니, 당연히 요시노 양 일행에게 말을 걸 줄 알았는데―.

"미안하지만, 안내서를 보여 주지 않겠어? 확인할 게 있는데, 안 가지고 있어서 말이야."

"아, 안내서? 으음, 그게……."

세 사람은 난처한 표정으로 서로를 쳐다봤다.

어……? 왜 난처해하는 거지?

내 의문에, 미즈토가 답해 줬다.

"도둑맞았지?"

세 사람은 일제히 숨을 삼켰다.

도둑 맞아……? 이 애들도, 안내서를 말이야?

굳어 버린 세 사람에게, 미즈토는 연이어 말을 건넸다.

"경계하지 않아도 돼. 너희에게 피해를 줄 생각은 없어. 실은 범인이 짐작되거든―. 그걸 확실히 하기 위해, **너희가 지금 가지고 있는 안내서**를 보여줬으면 해."

너희가 지금 가지고 있는? 그게 무슨 소리야?! 도둑맞았다고 방금 자기 입으로 말했잖아!

혼란의 극치에 달한 나를 돌아본 미즈토가 이렇게 말했다.

"말했지? 전에—『상대방이 알아서 다 늘어놨다』고 말이야."

"으음…… 요시노 양들에게 이야기를 들으러 갔을 때 이야기지?"

"그래."

어제 아침 일이다. 분명 미즈토는 그렇게 말했다. —그때는 뭘 눈치챈 건지, 심술을 부리며 가르쳐 주지 않았다.

"그때, 당시 일을 증언한 여자애는 『이 방을 쓰는 네 사람이 한꺼번에 안내서를 잃어버렸으니 도둑맞았다고 생각했다』고 주장했어. 하지만 이런 말도 했지. —『아침에 일어나서 짐을 뒤져 보고, 바로 도둑맞았다고 생각했다』라고 말이야. 전원의 짐을 확인해 볼 것도 없이, 그녀는 도둑맞았다는 것을 확신한 거야."

그 말을 듣고서야 이상하다는 것을 눈치챘다. 자신의 짐을 뒤져 보고 안내서가 없다면, 잃어버렸다고 생각하면 모를까— 도둑맞았다고 생각할 리 없다.

"짐을 확인해 본 것만으로, 도둑맞은 게 명백한 상황이 된 거지. 그게 어떤 상황일지— 나는 딱 하나밖에 생각나지 않았어."

"그게 뭔데……?"

“『자기 안내서가 다른 안내서로 바뀌었다』라는 상황이야.”

“앗……!”

내가 탄성을 지른 순간, 눈앞의 세 여자애는 난처한 표정을 지었다.

확실히 안내서가 바뀌었다면, 인위적인 게 명백— 도둑맞은 것이 명백해진다.

“하지만…… 안내서의 내용은 전부 똑같잖아? 왜 바뀌었다는 걸 안 거야? 표지에 학급이 인쇄되어 있으니까, 다른 학급의 것— 혹은, 안내서 안에 뭐라도 적어 둔 걸까?”

“다른 학급의 안내서라면, 선생님에게 이야기하면 될 거야. 누가 봐도 바뀐 게 명백하거든. 하지만 같은 학급의 안내서라면, 선생님이 봐도 바뀌었다고 단정 못 해—. 안에 무슨 표시가 되어 있더라도, 선생님은 알 수 없거든.”

“표시……. 그게 범인의 목적인 거야?”

“적어도 나는 다른 목적이 생각 안 나.”

다들 같은 것을 가지고 있고, 훔칠 가치 또한 없는 수학여행 안내서를 훔칠 이유— 안내서에 되어 있는 표시, 안내서에 추가된 정보가 바로 범인의 목적인 건가.

“아마 남겨 놓고 간 안내서에도 표시가 되어 있을 거야. 그것도 간단히는 지울 수 없는, 볼펜 같은 것으로 해 둔 표시가 말이지.”

미즈토는 그렇게 말한 후, 입을 다물고 있는 세 여자애를 쳐다봤다.

"어제, 너희는 그 바람에 집합 장소를 착각한 거지? 시간 부분이 알아볼 수 없게 덧칠된 탓에—."

어제의 지각— 그런 사소한 일을 가지고, 미즈토는 의심한 것일까. 그녀들 세 사람 또한, 요시노 양 일행처럼 안내서를 바꿔치기 당했다고 말이다.

세 사람은 또 서로의 얼굴을 쳐다보면서 작은 목소리로 몇 마디 나눈 후, 고개를 끄덕였다.

"……알았어……."

한가운데 있는 여자애가 한숨을 내쉬며 말했다.

"거기까지 들켰으니, 숨겨 봤자 의미 없겠네……. 내 것이면 될까?"

"아니, 가능하면 전원의 안내서를 보여줘."

세 사람은 각자의 가방에서 안내서를 꺼냈다. 세 권을 겹쳐서 내밀자, 미즈토는 그것을 건네받은 후에 「여기는 어두우니 좀 더 나아가자」라고 말했다.

다섯 명은 어둑어둑한 통로를 나아가더니, 벽에 개별 수조가 있는 구역에 들어섰다.

이 구역 입구 근처에는 수많은 가느다란 촉수를 구슬 가림막처럼 늘어뜨리고 있는, 크툴루 같은 생김새의 해파리가 전시되어 있었다. 옆에 있는 설명을 보니 『상자해파리』라는 종류 같았다.

미즈토는 개별 수조에 모여 있는 사람들을 피해 벽 쪽으로 향하더니, 안내서를 펼쳐 봤다.

"……아하."

"뭐가 아하인 거야?"

미즈토는 펼친 안내서를 한 장씩 나에게 보여줬다.

미즈토의 말대로, 곳곳의 글자가 볼펜으로 알아볼 수 없게 덧칠되어 있었다. 덧칠된 글자는 언뜻 보니 랜덤해서, 공통점이 없는 것처럼…… 보였다.

"이런 안내서를 바꿔치기해서…… 무슨 의미가 있는 걸까?"

"글자를 덧칠하면, 그 글자 위에 다른 걸 그려 넣을 수 없을 거잖아?"

"글자 위에 다른 걸 그려 넣어……? 아, 동그라미나 엑스 표 같은 거 말이야?"

"그래. 도둑맞은 안내서에 그런 표시— 마크가 되어 있었다면 어떨까? 여러 문자에 마크가 되어 있고, 하나하나 모으면……."

"……문장이 된다?"

미스터리 뇌를 가동해서 그렇게 말하자, 미즈토는 입술 가장자리만 치켜올렸다.

그런 거야? 범인이 훔친 건, 안내서를 이용한—.

"유심히 보면, 이 세 권의 안내서 전부에, 빠짐없이 덧칠된 글자가 있어."

내 생각이 종착점에 도달하기 전에, 미즈토가 입을 열었다.

미즈토는 자신의— 아무런 표시도 안 된 안내서를 꺼내더니, 방금 건네받은 세 권의 안내서와 비교했다. 덧칠된 글자가 뭔지 확인하는 것이다.

"전부…… 세 종류인걸."

그리고 미즈토는 나에게 안내서를 보여 주면서, 하나하나 짚었다.

안내서를 바꿔치기한 범인이 요시노 양과 이 여자애들이 표시를 하지 못하게 막고 싶었던 글자를 말이다.

"—『이』."

"—『리』."

"—『도』."

글자만이 아니라 그 글자를 연상할 수 있는 알파벳과 숫자까지도, 철저하게…….

이 세 글자를 가리키는 것들이, 철저하게 덧칠되어 있었다.

이리도—.

그것은…… 우리의 성이었다.

"어…… 어째서……?"

우리의— 내 성을 왜?

이제까지의 이야기의 흐름으로 볼 때, 이 안내서가 가리키는 건—.

"안내서를 가지고 한 건, 글자 마킹을 통한 **암호 통신.**"

미즈토는 태연한 어조로 그렇게 말했다.

"수업 중에 메모를 돌리는 것과 마찬가지야. 스마트폰을 쓸 수 없으니, 이걸 연락 방법으로 삼은 거지. 그리고 유추해 볼 때, 이런 수단을 동원해 공유한 정보는—."

미즈토의 감정이 드러나지 않는 시선이, 안내서를 도둑맞은 세 사람을 꿰뚫었다.

"—유메가 사귀는 상대가 누구인가. 맞지?"

세 사람은 시선을 돌린 채, 입을 꾹 다물었다.

내가…… 사귀는 상대?

설마…… 내가 고백을 거절하면서 말한……?

"애초부터 관심의 대상이었잖아. 같은 학교 학생인 건 밝혔고, 혹시 같은 학년이라면 수학여행 중에 접촉하리라고 생각해도 이상하지 않아. 안내서를 이용한 스파이 놀이로 그 정보를 모으려고 한 거지."

그럴 줄 알았어, 하고 말한 미즈토는 안내서 세 권을 덮었다.

이해가 됐다. —그래서 요시노 양은 나에게 안내서가 바꿔치기가 됐다는 것을 숨긴 걸까. 지금 생각해 보면, 그때 나는 그다지 환영받지 않은 듯한 느낌이 들었다…….

“미…… 미안해…….”

여자애 중 한 명이 작은 목소리로 사과하자, 미즈토는 포갠 안내서를 내밀면서…….

“나는 딱히 화나지 않았어. 아마 유메도 마찬가지일걸?”

……하고 말하면서 나에게 시선을 보냈다.

“그렇게 의미심장하게 떠들고 다녔으니, 궁금한 것도 무리는 아냐. 오히려 그런 식으로 일부러 말한 사람이 나빠.”

“잠깐만, 너는 누구 편인데?”

내가 불평을 하자, 「하지만……」 하고 미즈토는 이어서 말했다.

“악의가 없었다고는 해도, 내 가족을 몰래 캐고 다녔다는 건 그렇게 기분 좋은 일이 아니네. 앞으로는 조심해 줬으면 해.”

여자애가 안내서를 건네받자, 미즈토는 인사도 하지 않으며 그녀들에게서 뒤돌아섰다.

나는 그 뒤를 쫓으면서 몰래 물었다.

“실은 조금 화났지?”

“화 안 났어. 아까도 말했다시피, 그런 식으로 말한 쪽이 나빠.”

정말일까. 목소리와 태도가, 사회성으로 숨기고 있지만 딱딱하게 굳은 듯한 느낌이 들었다.

작년에 막 입학했을 때도, 나를 노리는 남자들이 미즈토에게 괜히 친근한 척 접근했을 때도 이렇게 경직된 태도를 보였다.

　나는 표정을 풀면서 미즈토의 옆구리를 손으로 찌르려 했지만, 아직 그녀들이 보고 있을지도 모르기에 참았다.

　그 대신, 약간 심술궂은 말을 했다.

　"가족이라는 걸…… 꽤 강조하더라?"

　"『내 여자를 캐고 다니지 마』하고 말했으면 했어?"

　"아니, 나를 생각해 주고 있구나~ 싶었어. 그렇게 커뮤니케이션을 귀찮아하던 네가 말이야."

　"나도 다소 성장한 거지."

　"누구를 위해 성장한 거려나~?"

　"……."

　입을 다문 미즈토의 얼굴을 쳐다보니, 무슨 생각을 하고 있는지 손에 잡힐 듯이 알 수 있었다.

　발끈하며 「이사나를 위해서야」라고 말하려다, 그건 연인으로서 해선 안 되는 말이라는 것을 눈치채고 참았으리라.

　나는 등 뒤로 돌린 두 손으로 깍지를 낀 후, 즐겁게 발걸음을 내디뎠다.

　"누나로서 참 기쁘네~. 동생이 멋진 남자애로 성장해서 말이지!"

　"……그것보다 하던 이야기나 계속하자."

　불리한 상황이라는 것을 눈치챈 건지, 미즈토는 억지로 이야기를 돌렸다.

"요시노 일행과 저 세 사람은 수학여행 안내서를 가지고 암호를 주고받았어. 그렇다면, 그걸 훔친 범인의 목적은 뭘까?"

"으음……. 암호 내용을 훔쳐보기 위해서?"

"그렇다면 첫째 날 밤에 훔치는 건 너무 일러. 유력한 정보가 모인 둘째 날이나 셋째 날 밤을 노리는 게 나아. 그리고 저런 간단한 암호라면, 그 자리에서 내용을 얼추 알 수 있을 테니— 안내서 자체를 빼돌릴 필요는 없어."

"그렇구나……. 그렇다면—."

나는 저 세 여자애가 가지고 있던 안내서의 상태를 떠올렸다.

곳곳에 덧칠이 되어서 알아볼 수 없게 된— 암호를 주고받을 수 없게 된 안내서를 말이다.

"—암호를 주고받는 걸…… 나를 캐는 걸 막으려고 한 거야?"

"그렇겠지."

이제 알 것 같았다……. 이 수학여행의 이면에서 벌어지고 있는 일을 말이다.

"우리 반 여자애들은 현재 두 세력으로 나뉘어 있어."

미즈토는 V사인을 취하듯 손가락 두 개를 세웠다.

"하나는 요시노를 비롯한, 네 남친이 누구인지 캐고 있는 세력. 그리고 다른 한쪽이 안내서 도둑, 그러니까 그걸 방해하는 세력이지."

남자들은 얽혀 있지 않다고 봐도 되는 것 같았다. 미즈토의 말에 따르면, 카와나미에게 들은 정보이니 틀림없다고 한다.

정리된 세력도를 머릿속에 떠올린 나는 턱을 살짝 매만졌다.

"나…… 왠지 알 것 같아."

"뭘?"

"안내서 도둑 사건의 흑막 말이야."

"그렇지?"

미즈토는 동감이라는 듯이 미소를 머금었다.

"이런 짓을 아무렇지 않게 벌일 사람은 우리 반에 그녀뿐이야."

이리도 유메 ◆ 어째서 안내서의 권수에 관한 숫자만
아라비아 숫자인 걸까?

개별 수조 구역을 지나자, 『흑조(黑潮)의 바다』라는 거대 수조가 오른편에 보였다.

느닷없이 커다란 만타 가오리가 눈앞을 헤엄치며 지나갔기에, 깜짝 놀라고 말았다. 새파랗게 빛나는 수조 패널은 마치 용궁성의 창문…… 몽환적이고, 비일상적이며, 무엇보다 웅대했다.

통로를 따라 잠시 걷자, 영화관 같은 홀이 나왔다. 수족관답지 않게 어마어마한 인파가 몰려 있어서, 마치 교토의 유명한 절 경내 같았다.

줄지어 있는 객석 뒤편의 인파를 헤치며 나아가자, 거대 수조의 전모가 드러났다. 바다를 네모나게 떼어 내서 옮겨 둔 듯한 아크릴 패널은 영화관 스크린처럼 거대했으며, 그 앞에서 사진 촬영 등을 하고 있는 손님과 비교해 보니 딱히 트라우마는 없는데도 섬뜩하게 느껴졌다.

거대 수조 안에는 추라우미 수족관의 상징이라 할 수 있는 고래상어가 유유히 헤엄치고 있었다. 그 새하얀 복부를 멍하니 올려다보고 있을 때, 옆에 있던 미즈토가 소매를 잡아당겼다.

"찾았어. 저쪽이야."

미즈토가 손가락으로 가리킨 방향을 봤다. 거대 수조에서 흘러나오는 푸른 빛에 비친 홀은 2층으로 나뉘어 있으며, 우리는 객석이 줄지어 있는 2층에서 그녀를 내려다보고 있었다.

그렇다. ―1학년 때부터 같은 반이었던 마키 양과 나스카 양, 그리고 미즈토가 맡겨 둔 히가시라 양과 함께 수조 왼편의 통로로 들어가는 아카츠키 양을 말이다.

"가자."

미즈토와 함께 경사면을 따라 내려간 나는 거대 수조가 눈앞에 펼쳐진 1층으로 내려간 후, 인파를 헤치면서 왼편 가장 안쪽에 있는 통로로 나아갔다.

『고래상어·만타 가오리 코너』라고 적힌 방이 길 끝의 모퉁이에 존재했다. 그 앞을 지나서 왼편으로 돌자, 머리 위편이 훤해졌다.

고개를 들어 보니, 바닷속 세상이 펼쳐져 있었다.

완만한 곡선을 그리고 있는 투명한 천장이 거대 수조를 아래편에서 보여 주고 있었다. 마치 해저에 서 있는 듯한 비일상적인 기분과, 금방이라도 아크릴 패널이 깨져서 바닷물에 삼켜지고 말 듯한 공포 탓에 무심코 입을 벌리고 말았다.

투명한 천장 아래에는 계단 형태의 벤치가 있었고, 손님 몇 명이 그곳에 앉아서 나와 마찬가지로 바닷속 세상을 올려다보고 있었다. 『아쿠아 룸』이란 이름의 방 같았다. ─아카츠키 양 일행은 벤치 앞의 아크릴 벽 옆에 서서, 환성인지 비명인지 알 수 없는 소리를 흘리고 있었다.

"앗, 이리도 양이네!"

우리가 말을 걸기 전에, 단발머리에 키가 큰 마키 양이 나를 발견하고 손을 흔들었다.

이어서 다른 세 사람도 우리를 발견하더니, 가볍게 손을 흔들거나 인사했다. 유일하게 히가시라 양만은 머리 위에 존재하는 바닷속 세상에 겁먹은 건지 부들부들 떨고 있었다.

우리가 벤치 사이의 계단을 내려가서 다가가자, 히가시라 양은 미즈토를 발견했다. 그 순간, 그녀는 마치 자기 굴로 도망치는 동물처럼 뛰어왔다.

"저기, 미즈토 씨!"

미즈토에게 찰싹 달라붙은 히가시라 양이 낮은 목소리로 항의하기 시작했다.

"왜 저딴 집단에 저를 던져둔 거예요! 여기까지 오는 동안, 미즈토 씨를 가지고 무지 놀림 받았단 말이에요!"

"무시당하는 것보다 낫지 않아? 너도 조금은 여자끼리의 커뮤니케이션에 익숙해져."

"무리예요! 저는 영혼이 오타쿠인 동정인걸요! 허둥지둥~ 우왕좌왕~ 밖에 못 한다고요!"

"그 자신감을 좀 다른 방향으로 발휘하면 될 텐데……."

여전한 히가시라를 쳐다보며 내가 쓴웃음을 머금자, 「어이쿠~!」라고 말하며 끼어든 마키 양이 히가시라 양을 등 뒤에서 끌어안았다.

"내 눈에 흙이 들어갈 때까지는 남친과 꽁냥꽁냥 수족관 데이트를 하게 두지 않을 거야~."

"꺄아앗?! 따, 딱히 그런 건……!"

"너, 진짜로 포옹할 맛 나는 몸을 지녔네! 밤에는 이 몸뚱이로 남친을 짐승으로 만드는 거지? 아앙?"

마키 양은 비명을 지르는 히가시라 양을 봉제 인형처럼 계속 끌어안고 있었다.

내가 고백을 거절하면서 남친이 있다고 말한 탓에 1학년 때 자주 어울렸던 네 사람 중 마키 양만이 유일하게 연인이 없는 상태가 되면서, 요즘 들어 삐뚤어진 캐릭터가 되었다.

참고로 아카츠키 양도 남친은 없지만, 남자 소꿉친구가 있는 애는 동지 취급하지 않는 것 같았다.

"너무 그러지 말그라."

보브컷 헤어 스타일에 온화한 분위기를 지닌 나스카 양은 그런 마키 양을 완곡하게 타일렀다.

"남의 연애를 방해한다고 자기가 행복해지진 않는데이."

"너, 웃으면서 무슨 소리 하는 거야! 나를 죽일 생각이냐!"

온화한 목소리로 상대방의 가슴을 후벼파는 나스카 양을 보고 전율한 마키 양은 히가시라 양을 풀어 줬다.

바로 그때였다.

미즈토가 아카츠키 양에게 다가가더니, 이렇게 말한 것이다.

"미나미 양. 화장실이 어디 있는지 가르쳐 주지 않겠어?"

그것은 기묘한 질문이었다.

기왕 물어볼 거면 가장 사이가 좋은 히가시라 양에게 물어보면 될 텐데— 미즈토는 일부러 아카츠키 양에게 그런 별것 아닌 질문을 던진 것이다.

아카츠키 양도 그 질문에서 범상치 않은 무언가를 느낀 것 같았다.

그녀는 의미심장한 미소를 머금으며 대답했다.

"화장실이라면 이 길을 따라 조금 돌아간 곳에 있었어. 안내해 줄까?"

"부탁해."

아카츠키 양은 다른 일행에게 「미안해~! 화장실 좀 다녀올 테니까, 다들 먼저 가고 있어~!」라고 말하더니, 미즈토와 함께 통로를 따라 돌아가기 시작했다. 나도 은근슬쩍 그 뒤를 따랐다.

『고래상어·만타 가오리 코너』 앞을 통과해서 좁은 통로 안쪽에 있는 화장실 앞에 도착한 아카츠키 양은 푸른 벽에 등을 맡기더니, 포니테일을 살짝 흔들며 미즈토를 쳐다봤다.

"그래서? 무슨 이야기가 하고 싶은 거야?"

아카츠키 양은 바로 본론에 들어갔다. 마치 오늘 이곳에서 미즈토가 말을 걸어오리란 것을 알고 있었다는 듯이 말이다.

"물론, 이렇게 물어보러 왔어."

미즈토 또한, 주저 없이 아카츠키 양에게 질문을 던졌다.

"첫째날 저녁 식사 직후, 어디서 뭘 했어?"

저녁 식사 직후……? 그 시간에 무슨 일 있었나?

내가 당혹스러워하는 사이, 아카츠키 양은 등 뒤로 돌린 손으로 깍지를 끼면서 의미심장하게 웃었다.

"그렇게 묻는 걸 보면, 그 시간에 뭔가 봤나 봐?"

"아냐. 결정적인 순간은 못 봤어. 내가 본 것은 아스하인이 요시노 일행에게 한 소리 듣는 모습이야―. 미즈토한테 함부로 꼬리치지 마, 라는 식으로 말이지."

"아스하인 양이……?"

그 말에 놀랐지만, 상상은 됐다. 그 세 사람이라면 그러고도 남는다는 생각이 들었다. ─미즈토와 히가시라 양의 관계를 평소에도 자주 놀리는 멤버이기도 하며, 정의감 혹은 학급의 평화를 생각해 아스하인 양에게 주의를 주더라도 이상할 게 없다.

나는 못 봤지만, 아스하인 양이 미즈토에게 대시하는 광경을 본 것일까……. 아스하인 양이 남자에게 그러는 광경이 그다지 상상이 안 되지만 말이다.

"대화 내용은 아무래도 상관없어. 나도 딱히 끼어들진 않았거든. 하지만 확실하게 말할 수 있는 건 **그 순간, 요시노를 비롯한 세 사람은 방에 없었다**는 것이야."

"방에 없었어…… 앗─!"

나는 작은 목소리로 그렇게 외치면서, 머릿속에 떠오른 생각을 입에 담았다.

"혹시 그때 안내서를 훔쳐 간 거야?"

"저녁 식사를 마친 후로 소등 시간까지 아무런 일정도 없었어. 그러니 요시노 일행이 타이밍 좋게 방을 비울 때까지 기다릴 수밖에 없지. 그러니 저녁 식사 직후의 그 타이밍을 노릴 수밖에 없었을 거야."

확실히 소등 시간까지 아무런 일정도 없었으며, 요시노 양 일행이 방에서 나가는 시간을 정확하게 예측할 수도 없다……. 하지만, 저녁 식사를 마친 직후에 누군가가 시간을 벌어 준다면…….

“아까 아스하인 양도 안내서 도둑의 공범이라고 했잖아……. 그 말은 그런 의미구나…….”

아카츠키 양은 난처한 듯이 고개를 갸웃거렸다.

“으음……. 무슨 소리를 하는 건지 잘 모르겠지만, 분위기 망치기 싫으니 범인 같은 소리 좀 해 줄게. 방금 그 말은 누군가가 요시노 양들이 없는 틈에 그녀들의 방에 숨어 들어가서, 안내서를 훔쳤단 거지? 그건 무리 아냐? 객실은 전부 잠겨 있잖아.”

“열쇠를 가지고 있는 사람에게 열어 달라고 하면 돼. 그 방에 머무는 건 요시노 양 그룹 세 사람과 남는 인원이라, 그 조에 배치된 여자애 한 명— 안성맞춤인 스파이가 있잖아.”

그렇구나……. 밖에서 몰래 숨어들 필요는 없다. 실은 안내서 도둑 측의 세력인 스파이가 요시노 양 일행보다 먼저 방에 돌아간 후, 짐 안에 있는 안내서를 몰래 바꿔치기하면 되니까……. 그리고 훔친 요시노 양 일행의 안내서가 발견되지 않게 숨겨 두기만 하면 된다.

“네 사람 전원의 안내서를 바꿔치기한 건, 한 사람만 피해를 안 본다면 의심을 살 게 뻔하거든. 어쩌면 암호를 주고받는 데도 협력했을지도 모르겠는걸.”

그야말로 스파이다. 그런 게 특기인 애 같아 보이지 않았는데, 사람은 뜻밖의 특기를 지니는 법인 것 같았다.

"아하~. 뭐, 좋아. 그러면 다음 질문— 애초에, 왜 나한테 이 이야기를 하는 건데? 아까 한 이야기가 맞다면, 안내서 바꿔치기에 관여한 게 틀림없는 건 아스하인 양뿐이잖아? 나는 상관없을 것 같은데 말이야."

"너도 범인 일당 중 한 명이 틀림없거든."

"왜?"

"계산상 그렇게 돼."

"계산이 무슨 소리야? 1+1은 뭐~게? 저예요, 같은 거야?"

"그래."

미즈토가 뜻밖에도 그 말에 긍정하자, 나는 「뭐?」라고 말하며 그의 얼굴을 쳐다봤다.

"안내서를 도둑맞은 건 요시노 양의 조 4명, 다른 조의 3명, 총 7명의 여자애야. 그녀들 전원이 다른 안내서로 바꿔치기를 당했지. —하지만 1권은 스파이의 몫이며, 바꿔치기를 해서 회수한 그 안내서를 그대로 다른 사람 것을 바꿔치기하는 데 재이용할 수 있잖아? 그러니 **범인 측은 적어도 6권, 바꿔치기에 쓸 안내서가 필요**한 게 돼."

"으음…… 요시노 양 일행에게 4권을 썼고…… 1권은 회수했으며…… 회수한 걸 포함해 또 3권을 쓸 테니…… 6권인 거구나."

내가 손가락을 꼽으며 그렇게 말하자, 미즈토는 고개를 끄덕이며 말을 이었다.

"즉, **범인은 스파이를 제외하고 6명** 있어. 그리고 피해자는 아까 말한 것처럼 **스파이를 포함해 7명**이야. 그리고 이 사건은 여자애들만 연루되어 있으며, 안내서는 표지에 학급이 인쇄된 데다, 인원수만큼만 만들어졌어."

"즉, 우리 반의 여자애만— 아하……."

나는 그렇게 말하면서 이해했다.

확실히, 계산상 그렇게 된다.

왜냐하면—.

"우리 반은 **여자애가 총 15명**이니까……."

"총 13권의 안내서— 즉, 총 13명의 피해자와 가해자. 우리 반의 여자애 중에 이 건에 관여하지 않은 건 딱 두 명뿐인 거지."

15 빼기 13은…… 2.

피해자의 내역이 확실한 만큼, 이 사건에 관여하지 않은 그 두 사람이 누구인지 알면 자연스럽게 범인 측 참가자도 확정된다.

게다가 두 명 중 한 명은 간단하다.

"유메는 자기가 안내서 도난을 조사하려 했어. 범인 측이라면 취할 리가 없는 행동이야. 뭐, 그걸 떠나서 태도만 봐도 무관계하다는 걸 알 수 있어."

"이심전심이구나? 열렬한 커플이네~."

아카츠키 양은 고리타분한 느낌의 그런 야유를 입에 담았다.

물론 나 자신도 내가 무관계하다는 것을 알고 있다. —미즈토는 나를 믿어 준 것이다. 뭐, 거짓말이 서툴기도 하니 말이다.

"그렇다면 남은 사람은 한 명—."

아카츠키 양의 야유를 무시한 미즈토가 말을 이었다.

"—이 한 사람도 짐작이 됐어. 그래서 간단한 방법으로 확인해 봤지."

"간단한 방법?"

아카츠키 양이 묻자, 미즈토는 차분한 표정으로 대답했다.

"범인 측의 인간은 자기 안내서를 덧칠해서 바꿔치기했으니, 훔친 요시노 일행의 안내서를 가지게 돼. —암호 통신을 한다고 여기저기 표시가 되어 있는 안내서를 말이지. 설령 샤프로 써서 지우개로 지울 수 있더라도, 그러면 흔적이 남아. 이번에 받은 안내서를 보여달라고 하면, 그런 흔적이 있는지 없는지를 가지고 범인 측인지 아닌지 바로 판별할 수 있어."

나는 그 순간, 떠올렸다. 이 수족관에 오는 길에, 미즈토가 한 행동을—.

"이사나에게 부탁하니, 바로 보여 주더라고. 아무런 흔적도 없는 깨끗한 안내서를 말이지."

—응……. 깨끗하네.

지금 생각해 보니 약간의 위화감이 존재했다. 미즈토는

자기 방에 책을 난잡하게 쌓아 둘 만큼 대충대충인 성격이며, 깨끗한 것을 좋아하거나 꼼꼼하지도 않다. 수학여행 안내서가 깨끗하다는 이유로 히가시라 양을 칭찬할 타입이 아니다.

"그때 알았겠네. 히가시라 양이 안내서 도난과 연관이 없다는 걸……."

"그래. 이것으로 무관계한 두 사람이 확정됐어. 자연스럽게, 안내서 도둑 일당도 확정됐지. ―그 안에는 아스하인도 있을 것이며, 미나미 양도 포함돼."

일곱 명의 범인 중에서 아카츠키 양을 이렇게 불러낸 것은 물론 비교적 친분이 있고, 내 평판을 지키기 위해 안내서를 바꿔치는 짓을 할 사람은 그녀뿐이기 때문이리라. 작년 한 해 동안 교류하면서 나도 눈치를 챘다. 아카츠키 양은 내가 얽힌 일이면 좀 과격해지는 경향이 있는 것이다.

증거는 없지만 거의 틀림없이, 이번 일은 그녀가 주범일 것이다. 그것을 긍정하듯, 아카츠키 양은 딱히 반론하지 않으며 웃는 얼굴로 미즈토의 이야기를 듣고 있었다.

"이리도는 눈썰미가 좋아졌네. ―졌어. 항복이야. 유메에게는 들키고 싶지 않았는데 말이지. 이렇게 들통나 버리니 변명도 못 하겠네."

"아카츠키 양…… 혹시 이제까지도 이런 식으로 나를 지켜 준 거야?"

2학년이 되고 얼마 안 됐을 적의 일을 떠올렸다……. 『고백을 거절하는 방법을 알아?』. 그런 질문을 받은 후, 갑자기 고백을 받게 됐다. 분명 이제까지는 아카츠키 양이 은밀하게 나를 지켜 줬을 것이다…….

아카츠키 양은 멋쩍은 듯이 볼을 긁적였다.

"이렇게 직접적으로 움직인 적은 거의 없어……. LINE으로 견제하거나, 은근슬쩍 포기하도록 유도하거나 했거든? 아, 참고로 카와나미도 공범이야. 이번 안내서 건에는 얽히지 않았지만, 평소에는 걔도 유메와 이리도에게 집적대려고 하는 애들을 작살내고 다녔어."

"뭐, 예상은 했어. 작살냈다는 표현은 그 녀석의 명예를 훼손하겠지만 말이지."

미즈토는 어깨를 으쓱했다. 그런 카와나미니까…… 히가시라 양이 미즈토의 곁에 나타났을 때는 그렇게 놀랐던 것이리라.

"이제 도와줄 필요는 없다고 생각했거든? 하지만 모처럼 수학여행을 왔으니까, 두 사람이 조금은 연인으로서 즐길 수 있게 해 주고 싶었어. 그래서 청소 좀 한 거야~."

"너도 꽤 원만해졌구나."

"이리도는 아직 착각하고 있나 본데, 나는 1년 전부터 원만해졌거든? 실제로 사고 친 건 딱 한 번뿐이잖아."

"한 번으로 충분하다고……."

아무래도 내가 모르는 이야기를 나누는 것 같은데, 나는 그것보다 더 신경 쓰이는 일이 있었다.

"아스하인 양은 요시노 양 일행에게 일부러 당해 주며 시간을 번 거네……. 그러면 혹시— 그것 때문에 아스하인 양이 미즈토에게 고백했던 거야?"

미즈토에게 다가가면, 요시노 양들의 정의감을 이용해 유인할 수 있다……. 그리고 그것을 미즈토에게 들키고 싶지 않다면, 미리 고백하면 된다.

혹시…… 겨우, 그걸 위해서……?

"아~, 스톱! 오해하지 마, 유메!"

아카츠키 양은 허둥지둥 변명했다.

"그 의견을 내놓은 건 내가 아냐! 이런 일 때문에 다른 사람에게 거짓 고백을 시킬 리가 없잖아!"

자기가 한다면 몰라도, 하고 아카츠키 양은 말했다. 마치 그런 적이 있는 듯한 말투였다.

"그 의견을 내놓은 건 아스하인 양이야. 나는 그냥 안내서만 빌릴 생각이었는데— 이 이야기를 했더니, 그러면 이렇게 하는 건 어떨까요, 라고 했어."

"아스하인 양이 스스로……?"

아카츠키 양은 가느다란 팔로 팔짱을 끼더니, 고개를 갸웃거렸다.

"그렇게까지 할 필요 없다고 말했는데— 이러는 편이 확실하다며 말을 듣지 않더라니까. 혹시 실은 이리도를 좋아하는 걸까, 하고 생각했는데…… 어제 태도를 보면, 오히려……."

아카츠키 양은 나를 힐끔 쳐다봤다. 아, 아니, 아스하인 양의 마음은 그런 게 아니라고 생각하는데…… 맞지?

미즈토도 팔짱을 끼며 아카츠키 양에게 말했다.

"그러면 이틀째부터 아스하인의 태도가 묘한 것에 관해서는 아는 바가 없는 거지?"

"몰라, 몰라! 나도 은근슬쩍 물어봤는데, 아무 말도 안 하더라……. 역시 거짓 고백을 말리는 편이 좋았으려나~."

"글쎄. 그건 아스하인만이 알고 있겠지ㅡ. 지금은 말이야."

풀이 죽은 아카츠키 양에게, 미즈토는 담담한 어조로 그렇게 말했다.

조금씩, 알 것 같았다……. 아스하인 양을 둘러싼 최근의 상황을……. 하지만 그런 한 편으로, 이 수학여행이 시작된 후부터의 그녀에 관해서는 여전히 알 길이 없었다.

"슬슬 본진에 쳐들어갈 때가 됐는걸."

"본진……."

그 말이 어떤 의미인지는 나도 안다.

아스하인 양은 우리보다 먼저, 이 수족관에 들어왔다.

미즈토는 내 얼굴을 똑바로 응시했다. 그 눈동자는 상냥하고 힘찼기에, 확 의지하고 싶어졌다. 하지만 그가 나에게 건넨 말은 상냥하지 않았다.

"이제부터는 네가 직접 해야만 해."

"뭐……?"

당황한 나에게, 미즈토는 어린아이를 타이르는 투로 말했다.

"이대로 내가 모든 수수께끼를 풀어선 의미가 없어—. 그녀가 원하는 건, 내가 아니거든."

—왜 이렇게, 당신 생각만 해야 하는 거죠?

—저 같은 건…… 어차피 모르잖아요?

밀쳐 낸 사람은, 나다…….

다가가고 싶다고 생각한 사람은, 나다.

그녀를 알고 싶다고 생각한 사람은— 나다.

"……알았어."

불안하지만…….

걱정되지만…….

이미 충분히, 도움을 받았다.

그렇다면 이제부터는, 내가 힘을 내야만 한다.

내가 아스하인 양의 수수께끼를, 풀 것이다.

어차피 모른다, 같은 말을…… 두 번 다시 못 하도록 말이다.

이리도 유메 ◆ 단 하나의 무기, 단 하나의 관계

아쿠아룸을 지나자, 조명이 갑자기 어두워지면서 주위 관객들이 어둠에 뒤덮였다.

어둠 속에서, 거대한 대왕오징어의 표본이 라이트업되며 나를 맞이했다……. 빛이 비친 새하얀 피부와 가느다란 촉수는, 생물이라기보다 몬스터에 걸맞았다.

여기서부터는 심해 구역이다.

시꺼먼 어둠 속에서, 짙은 남색으로 어렴풋이 빛나는 개벽 수조와 해설 패널의 인공적인 빛이 같은 간격으로 줄지어 있었다…….

주위에 사람이 잔뜩 있기에, 귀신의 집처럼 무섭지는 않았다. 하지만 가족들 혹은 연인들 사이에서 영화관처럼 조명이 약한 길을 홀로 나아가자, 마치 인간 세상에서 멀어지는 듯한…… 해수면의 빛이 점점 보이지 않게 되는 듯한…… 그야말로 심해로 빠져들어 가는 듯한 느낌이 들었다.

나는 어둠 속을 나아가면서, 과거의 일을 떠올렸다.

예전에…… 아스하인 양에게 「왜 그렇게까지 나한테 이기고 싶은 거야?」라고 물어봤을 때, 그녀는 분명 이렇게 말했다.

─그것뿐이라서예요.

공부만이, 주위 사람들에게 맞설 유일한 방법이었다고─ 그것 말고는, 자신을 바보 취급하는 상대의 콧대를 눌러 줄 방법이 없었다고 말이다.

─그런 제 앞에─ 당신이 나타났어요, 이리도 양.

바로 그때, 나를 향한 그 눈동자의 박력을 언제부터 잊었던 걸까…….

그녀는 쭉, 그런 눈동자로 나를 쳐다봤다. 단 하나의 무기를 자신에게서 빼앗아 간, 불구대천의 원수이자, 생애 최대의 라이벌을 말이다.

한편으로, 나나 아소 선배가 연애 이야기를 할 때 아스하인 양이 보였던 담백한 반응을 떠올렸다. 그때마다, 그녀는 생각했을까. 자신은 저렇게 될 수 없다고, 그런 평범한 여자애 같은 이야기를 할 수 있다면 공부 따위로 자기 자신을 지킬 필요가 없었을 것이라고…….

나는 언제부터— **이쪽**이 된 걸까?

나도 예전에는, 아스하인 양과 마찬가지였다. 의지할 것이라고는 성실함뿐이었다. 아스하인 양처럼, 특기인 수학 점수로 져서 발끈한 적이 있다. 하지만 언제부터인지 소중한 것이 늘어나면서, 유일한 무언가에 매달릴 필요가 없었다.

출세했는걸, 이란 미즈토의 농담을 떠올렸다.

정말…… 출세했다. 자기가 쟁취한 것은 거의 없는데도, 미즈토와 만난 덕분에 손에 넣은 것이 대부분인데도, 어느새 가지지 못한 자의— 아니, **그것뿐인 자**의 마음을 이해 못 하게 됐다.

나는 그저, 고교 데뷔를 한 속 빈 강정일 뿐이다.

성장했다고 말하지만, 과거의 자신을 이해 못 하게 된 것을 성장이라고 할 수 있을까……? 그것은 그저, 자신이란 인간으로부터 도망칠 뿐 아닐까……? 나는 결국 낯가림이

심하고, 음험하며, 시야가 좁다. 그것을 잊은 척하며 살아가는 걸 성장이라 부른다면, 그것은 너무나도 슬프단 생각이 들었다.

성장하면 할수록, 모르는 것이 늘어나는 게 되니까…….

미즈토와 히가시라 양이 친구를 일부러 늘리려 하지 않는 이유를 알 것 같았다. 그들은 지금의 자신을 소중히 여기고 있다. 지금의 자신을 긍정하며 살아가는 것이, 가장 큰 행복이라 여기는 것이다.

그래서 이해받기를 갈구하지 않는다. 겸사겸사 그렇게 되면 운이 좋으며, 만약 그런 사람과 만나게 되면 소중히 여길 것이다. 그러면 된다고 마음먹은 것이다.

그렇다면, 아스하인 양은……?

과거의 나는 원했다. 자신을 이해해 주는 사람을 원했다. 그것은 친구라도, 연인이라도 괜찮다. 자신이 혼자가 아니라는 것을 증명하고 싶었다.

그렇다면, 아스하인 양은―.

개별 수조 사이로 뻗어 있는 어둠을 따라 나아가자, 오른편에 길이 보였다. 그 길 끝의 왼편은 곡선 형태의 벽으로 되어 있으며, 그 벽에는 네모한 창문 같은 조그마한 수조가 엇갈리듯 상하 2단으로 배치되어 있었다. 천장 가까이에 어렴풋이 빛나고 있는 안내판에는 『심해의 조그마한 생물들』이라고 적혀 있었다.

개별 수조 구역에 인파가 몰려서 그런지, 이곳에는 사람이 적었다. 벽의 미니 수조를 보는 네다섯 명의 관객들의 뒤편을 지나자, 나란히 둔 칠판 두 개 크기의 수조가 오른편 벽에 있었다.

그 앞에— 한 소녀가 서 있었다.

어렴풋한 푸른색 조명이 비추고 있는 심해 세계— 눈이 불룩한 물고기가 헤엄치는 모습을, 그녀는 멍하니 응시하고 있었다.

옆에서 본 그 얼굴은 오싹할 정도로 아름다웠다. 원래 예쁜 얼굴이었지만, 통로의 어둠과 수조의 빛에 물든 그 얼굴은 유명한 예술가가 조각한 미술품을 연상케 하는 초연한 아름다움을 머금고 있었다.

감정이 빠져나갈수록 아름다워 보이는— 인간의 미적 감각은 참으로 아이러니했다.

아아, 나는 이제야 눈치챘다.

나는, 아마도…… 아스하인 양의 미소를 본 적이 없을 것이다.

"—아스하인 양."

내가 결의를 다지며 말을 건네자, 아스하인 양은 천천히 고개를 돌리며 나를 쳐다봤다.

"괜찮다면, 같이 돌아보지 않겠어?"

아스하인 양은 무표정한 얼굴로 쳐다보며, 로봇 같은 목소리로 대답했다.

"이제 끝이에요—. 여기를 지나면, 바로 출구니까요."

"그러면 밖에 있는 해변이라도 괜찮아. 1층에서 기념품을 파는 것 같으니까, 거기라도 상관없어."

"또 그렇게 억지로 끌고 다니면, 제가 마음을 열 것 같나요?"

아스하인 양은 다시 수조를 향해 시선을 돌렸다.

"불쌍한 이 애를 도와주자, 라는 듯한…… 그 거만한 태도를 언제까지 이어갈 거죠?"

"……그래. 거만할지도 몰라."

나는 곧장 날아오는 말이란 형태의 나이프에, 잠자코 찔렸다.

분명 그런 갸륵한 태도조차, 지금의 아스하인 양은 마음에 들지 않을 것이다. 그 정도는 알 수 있다. 그리고—.

문뜩, 이해했다.

미즈토처럼 논리적으로 생각한 것은 아니다. 내 특기인 수학과는 거리가 먼 단순한 직감을 통해, 나는 이제까지 몰랐던 것을 이해했다.

"—아스하인 양은 내가 뭔가를 하기도 전에, 나를 이해하기 위해 쭉 노력해 줬지?"

아스하인 양이 나를 힐끔 쳐다봤다.

"미즈토에게 고백한 것도, 선택지가 그것뿐이라서잖아?"

아스하인 양은 대답하지 않았다.

"아스하인 양과 접점이 있는 남자는 작년에 같이 고베 여행을 간 멤버뿐이야. 학생회 관계자는 문제가 될 수 있고, 카와나미는 아스하인 양이 딱 싫어할 타입이니까…… 자연스럽게 남은 사람은 미즈토뿐이잖아. 고백받은 걸 남에게 자랑하거나, 괜히 이야기를 퍼뜨리고 다닐 타입처럼도 안 보였을 거야."

아스하인 양은 대답하지 않았다.

"아스하인 양은 그저, 고백을 해 보고 싶었을 뿐이야……. 그것을 통해 자신에게 일어나는 변화를 알고 싶었을 뿐이지? 그 **실험**에, 가장 안성맞춤인 상대가 미즈토였어. 너를— 사랑에 빠지게 할 가능성이 가장 큰 상대가, 미즈토였던 거야."

아스하인 양은 대답하지 않았다.

그래서 내가 대신 대답했다.

"사랑을, **공부**하려고 한 거구나. ……나를 위해서 말이야."

아스하인 양은— 아무 대답도 하지 않으면서, 그저 거북한 듯이 시선을 돌렸다.

시험에서 이겼는데도, 내가 사랑에 빠져서 분통을 터뜨리지 않으니까…… 그렇다면 자신이 변할 수밖에 없다고 생각한 아스하인 양은 용기를 낸 것이다.

내가 하는 말을 이해할 수 있도록, 내가 즐거워할 만한 이야기를 할 수 있도록…….

단 하나의 무기를 써서…….

연애가 얼마나 대단한 것인지…… 이해하려 했다.

"나는 그 결과를 알 수 없지만, 분명 미즈토라면 아스하인 양의 의도를 완벽하게 이해하지 못하더라도 받아 주리라고 생각해……. 걔도 아스하인 양과 비슷한 구석이 있거든."

뭐든 남일처럼 여기며, 자극에 대한 반응이 밋밋한 것도 그렇다.

좀 부러울 정도로…… 아스하인 양은 미즈토와 닮은 구석이 있었다.

"하지만 첫째 날 밤에 무슨 일이 있어서…… 그 실험을, 너는 관뒀어. 쓸데없는 짓이라는 것을 깨달은 건지…… 아니면 갑자기 자기 자신이 싫어진 건지는 모르겠지만 말이야."

정확히는 모르겠지만, 아마 후자이리라고 생각한다.

아스하인 양이라면, 자기 자신에게 엄격한 그녀라면, 자신이 한 짓을 돌이켜 보고 자기혐오에 빠질 수도…… 있지 않을까.

"그렇게 나와 미즈토로부터 거리를 두는데, 아무것도 모르는 내가 쫓아온 거야……. 일단 아무것도 눈치 못 챈 척을 하며 평소처럼 행동하려 했지만, 내가 아무것도 모른다는 걸 통감한 바람에 무리할 필요가 없다고 생각을 바꿨어……. 어때? 틀렸으면 틀렸다고…… 말해 주면 좋겠네."

소설 속의 명탐정도, 범인의 마음속을 정확하게 맞추는 일은 많지 않다.

그렇다면 나 따위의 상상력으로는 그저 아는 척이나 하는 게 한계다.

화내리라고 생각했다.

아무것도 모르면서…… 하며 화내리라고 생각했다.

그렇게 되더라도, 조금은 나아갈 수 있을 거란 생각이 들었다. 모른다는 것을 몰랐던 이제까지와 다르게 모른다는 사실을 알면서, 그녀의 마음을 안 듯한 느낌이 들었다……. 그리고 아스하인 양의 본심을 들을 수 있다면, 그것은 엄청난 진보라고 생각한다.

하지만, 아스하인 양은—.

"아니에요."

화내기는커녕…….

심해처럼 조용히, 그저 가라앉고 있는 것처럼, 그렇게 대답했다.

"저는 그저, 절망했을 뿐이에요……. 쓸쓸해져서, 슬퍼져서, 원하는 걸 부모님이 사 주지 않아서 삐친 어린애처럼…… 화내는 것밖에 못 했어요. 무리를 할 필요가 없어서 포기한 게 아니에요……. 오히려 저는…… 포기하는 것을 포기했다고, 생각해요."

포기하는 것을, 포기한다…….

쓸쓸함과 슬픔을 이제 됐다고 여기며 내팽개치는 게 아니라, 무게추처럼 짊어진 채…….

"그렇구나."

나는 잠시 망설인 후, 그래도 말했다.

"참, 힘들겠네."

"정말 얄팍한 말이군요."

아스하인 양이 나를 쳐다봤다.

나는 슬며시 웃으며 고개를 끄덕였다.

"그래도, 말하지 않는 것보단 나아. 말은 마음을 전하기엔 참 불편한 도구지만…… 그래도 우리는 말이란 것을 이용할 수밖에 없잖아."

공감할 수가 없다면, 말이라도 할 수밖에 없다.

숨은 뜻 같은 건 전혀 담겨 있지 않은, 직접적이고 거칠며 가벼운 말일지라도— 아무 말도 하지 않는 것보다는 훨씬 낫다.

"……그래요……."

아스하인 양은 수조 위편에서 희미하게 스며드는, 층을 이룬 듯한 빛을 올려다봤다.

"무게 있는 말을 할 수 있을 만큼…… 당신은 말주변이 좋지 않군요."

"이래 봬도 그나마 나아진 편이거든? 중학생 때에 비하면 말이야!"

내가 농담 투로 그렇게 말하자, 아스하인 양은 내 눈동자를 잠시 응시한 후─.

어렴풋이.

아주 약간이지만…… 입술 가장자리를 치켜올렸다.

"왠지, 상상이 돼요."

그게 내가 처음으로 본, 아스하인 양의 진심에서 우러난 미소였다.

주위에 사람이 많아지자, 나와 아스하인 양은 수족관을 나섰다.

출구를 나서서 길을 따라 나아가자, 입구에서 어렴풋이 보이던 해변으로 이어졌다. 광대한 백사장에서는 많은 사람들이 헤엄을 치거나 모래를 파면서 놀고 있었다. 해변이라도 전원이 수영복 차림인 건 아니며, 절반가량은 평범한 옷차림 같았다. 그러고 보니 오키나와 사람은 헤엄칠 때 수영복을 입지 않는단 동영상을 어디서 본 것 같은 느낌이 들었다.

나와 아스하인 양은 새하얀 모래를 밟으며 해변으로 들어서서, 에메랄드그린 빛깔의 바다를 둘러봤다.

"의외로…… 사람이 적네요."

아스하인 양이 말했다.

확실히 성수기의 해수욕장치고는 사람이 적은 걸지도 모

른다. 추라우미 수족관 안에 사람이 더 많은 것처럼 느껴질
정도였다.

"아스하인 양은 예전에 바다에 와 본 적 있어?"

"가족여행을 하는 집이 아니라서……. 학교 교외 학습 때,
정도예요."

"듣고 보니 나도 비슷한 것 같아……."

아빠(친부 쪽)는 물론이고, 엄마와 둘이 살게 된 후에도
여행을 간 기억이 전혀 없다. 엄마가 바빴으니 어쩔 수 없었
지만 말이다.

"그럼……."

나는 아스하인 양의 얼굴을 들여다보며 말했다.

"들어가 볼래?"

"네? ……바다에, 말인가요?"

"응."

아스하인 양은 자신의 옷을 내려다봤다. 허리끈으로 조른
흰색 튜닉과 복사뼈 근처까지 가리는 스키니팬츠라고 하는,
여름 느낌 물씬 나는 복장을 하고 있었다.

"수영복은 가져오지 않았는데요……."

"맨발로 들어가면 돼."

나는 그렇게 말하며 샌들을 한쪽만 벗은 후, 맨발로 모래
를 밟았다.

"아, 뜨거워!"

당연히 발바닥이 뜨거워진 바람에, 나는 아직 샌들을 신고 있는 발로 껑충껑충 뛰었다.

나는 아스하인 양의 얼굴을 쳐다보며, 에헤헷 하고 얼버무리듯 웃었다.

"물가는 분명 시원할 거야. 응?"

"……그래요."

아스하인 양은 약간 어처구니없다는 투로 그렇게 말한 후, 넓은 바다를 쳐다봤다.

"때로는, 괜찮을지도 모르겠어요."

샌들을 다시 신고 아스하인 양과 함께 물가로 향한 나는 이번에야말로 벗은 샌들을 두 손에 든 후, 맨몸으로 모래 위에 섰다.

젖은 모래의 시원한 감촉. 평소 신발과 양말에 감싸여 있던 발이, 익숙하지 않은 자연의 감촉에 휩싸이면서 생겨난 개방감.

아스하인 양도 내 뒤를 이어서 신발을 벗었다. 양말을 동그랗게 말아서 신발 안에 집어넣고 두 손으로 들더니, 머뭇머뭇 발치를 쳐다보면서 확인하듯 맨발로 몇 번이나 모래를 밟았다.

그 직후, 파도가 모래 위로 흘러들어왔다.

우리의 발이 바닷물에 휩싸인, 바로 그때였다.

"차가워."

아스하인 양이 작은 목소리로 그렇게 외치더니, 펄쩍 뛰면서 내 어깨를 움켜쥐었다.

"괜찮아?"

그렇게 묻자, 아스하인 양은 화들짝 놀라면서 내 얼굴을 보더니, 부끄러워하듯 고개를 숙였다.

이런 솔직한 반응을 보여 주는 것도, 어쩌면 처음일지도 모른다.

학생회실에서 그렇게 많은 시간을 보냈는데, 이제까지 본 적 없는 얼굴을 가지고 있었다니— 나는 감회에 젖고 말았다.

그렇게 밀려왔다 빠져나가는 파도를 즐긴 후, 아스하인 양은 불쑥 말했다.

"……보고 말았어요."

"응?"

그 작은 목소리를 듣고 고개를 들어 보니, 아스하인 양은 파도를 내려다보며 말을 이었다.

"첫째 날 밤에— 호텔 풀장에서의 일에요. 저는…… 화단 뒤편에 숨어 있었어요. 당신이 알고 싶어했던, 아홉 시 경의 일이 아니지만요."

미즈토는 말했다. 아스하인 양은 우리의 밀회를 본 범인이 아니지만, 허벅지에 상처가 난 건 사실이라고 말이다.

이제 와서, 아스하인 양은 대답해 줄 마음이 든 것일까. 어젯밤에 내가 한 질문에— 그리고, 진심으로 그녀를 생각해 준 나에게 말이다.

나는 머릿속으로 정보를 정리하며 말했다.

"그건 아홉 시 이후는— 아니겠네."

나와 미즈토가 화단의 나뭇가지에 묻은 혈흔을 발견했으니, 아스하인 양이 그곳에 숨어 있었던 것은 그 이전이 틀림없다.

"아홉 시 이전, 이었을 거야."

"네. 여덟 시 반쯤이었을 거예요……. 인적 없는 장소를 찾아서 풀장이 있는 층을 걸어 다니다 풀장으로 들어가는 사람들을 봤는데, 도무지 신경이 쓰여서— 쫓아갔어요."

"……그래서?"

"처음에는, 목소리가 들려왔어요……. 『가능하면 같은 조가 되고 싶었다』— 그런 이야기였다고 생각해요. 그런데 평소와 다른 느낌의 목소리여서, 저는 무심코 입구 근처의 화단 뒤편에 숨었죠……. 그랬더니……."

"그랬더니……?"

"……고백을, 보고 말았어요."

고백?

"그건…… 사귀어 주세요, 란 의미의 고백이야?"

"그런 느낌이었다고 생각해요……. 저는 그걸 보고…… 무서워졌죠."

"무서워져?"

“사람의 사람에 대한 집착이, 이렇게도 비열할 수도 있는
건가— 내 마음속에도 그런 것이 존재하는 걸까, 하는 생각
탓에요.”

비열……. 부정은 할 수 없다. 나도 미즈토와 사귀기 위해
서, 비열한 짓을 했다고 생각한다.

하지만, 사랑 고백을 보고 그런 느낌을 받다니…….

“아무래도…… 그 고백은 잘 풀리지 않았나 보네.”

“그래요……. 거절을 당했죠. 그리고 거절당한 사람은 약
간 발끈했고— 지금 생각해 보면, 그 사람이라면 금방 냉정
을 되찾았을지도 몰라요. 하지만 저는…… 부정하고 싶었어
요. 나는 저런 사람이 아니라는 것을, 누군가에게 증명하고
싶어서…… 반사적으로 화단에서 뛰쳐나갔고…….”

쏴아, 하고 파도가 조용히 우리 발을 휘감았다.

“그 두 사람을…… 풀장으로, 밀치고 말았어요.”

고백이 아니라 참회.

다치지 않았다면, 그렇게 신경 쓸 일이 아니다. 하지만 아
스하인 양에게는 중요한 일이리라. —어쩌면, 태어나서 처음
으로 타인에게 폭력을 행사한 것일지도 모른다.

아소 선배가 그렇게 툭하면 끌어안는데도, 아스하인 양은
단 한 번도 그녀를 억지로 밀쳐낸 적이 없는 것이다.

“아스하인 양은, 그 사람을— 고백을 거절한 사람을, 도우
려고 한 거잖아?”

일시적인 위안밖에 안 될지도 모르지만, 나는 아스하인 양의 얼굴을 응시하면서 솔직한 의견을 말했다.

"전에 말했지? 쿠레나이 회장님이 성가신 헌팅남한테서 구해 줘서 동경하게 됐다고 말이야. 그것과 같은 일을 했을 뿐이야."

"그래요……. 그렇게 볼 수 있을지도 몰라요."

"그 후에는 어떻게 됐어?"

"한 사람은 바로 풀장에서 나갔어요……. 다른 한 사람은, 제가 방에 가서 가져다준 옷으로 갈아입은 후에 헤어졌고요. 갈아입으면서도 한마디도 안 했고…… 탈의실에 다른 사람이 오지도 않아서…… 시종일관 거북한 분위기였죠……. 그래서 더 나은 방법이 있었을지도 모른다는 생각이 계속 들어요."

"그랬구나……."

나 또한 잠자기 전에 그날 했던 말을 떠올리면서, 더 잘 말할 수 있지 않았을까 하며 반성할 때가 있다. 그러지 않는 사람이 있다는 게, 나는 여전히 믿기지 않았다. 그런 점에서 본다면, 아스하인 양과는 말이 잘 통할 것 같았다.

"참고로…… 아까 『그 사람』이라고 했지? 그 두 사람은 아스하인 양이 아는 사람인 거야?"

"……네."

"구체적으로 누구인지 가르쳐 줄 순……."

"죄송하지만, 그건 이야기할 수 없어요."

내가 평소에 익히 봐온 아스하인 양의 단호한 태도로 돌아간 그녀가 그렇게 말했다.

"그 두 사람의 명예가 걸린 일이라고 생각하니까…… 제 입으로 이야기할 수는 없어요."

"그래. ……응, 그편이 나을 거야."

"……그런가요? 일반적으로는 알고 싶어 하지 않나요?"

"남들이 어떻든 상관없어. 아스하인 양으로서는 그게 옳고— 그편이 더 중요한 거잖아."

나도 오랫동안 『보통은 이러이러하다』라는 저주에 얽매여 살아온 것 같지만…….

일반적이나 보통이나 상식 같은 것은 사람의 개성에 비하면 아무래도 상관없는 것이라고, 지금은 솔직하게 생각한다.

"일반적 같은 걸 떠나서, 아스하인 양이 하고 싶은 일이 있으면 사양하지 말고 말해. 시험에서 지면 이리저리 해 달라~ 같은 거라든가, 내가 할 수 있는 일이라면 뭐든 상관없어. 이제까지 따돌린 것에 대한 사과라고 여겨 줘."

"딱히 그럴 필요는……."

"안 그러면 내가 받아들이지 못할 것 같거든. ……저기, 아스하인 양."

나는 아스하인 양과 정면에서 마주 보며, 그녀의 조그마한 손을 양손으로 꼭 잡았다.

"학년말 시험에서 졌을 때, 나는 분하다는 생각을 안 했어. ……실은, 너무 기뻤거든."

"……기뻤다고요……?"

"왜냐하면, 아스하인 양이 노력하는 모습을 쭉 봐 왔는걸. 언제 어디서나 교과서와 공책을 펼쳐 놓고…… 나 같은 애보다 훨씬 노력하고 있다는 걸 인정할 수밖에 없었어. 그래서, 분하다는 감정은 느껴지지 않았던 거야. 아스하인 양의 노력이 보답받아서 다행이라는 생각이 먼저 떠올랐거든."

연애에 빠져 있기도 했지만 말이야, 하고 나는 쓴웃음을 머금으며 말했다.

"그러니, 사과하고 싶어. 멋대로 네 라이벌을 관둬서…… 미안해."

나는, 아스하인 양을 라이벌로 여길 수 없었다.

항상 노력하는 친구로만 여겨 왔다.

그것은, 아스하인 양이 바란 내가 아니었다. 하지만 아스하인 양이 바라는 내가 되어 주더라도, 그녀는 분명 만족하지 못할 것이다.

그러니, 사과할 수밖에 없다.

그리고 친구가 되어 달라고— 성심성의를 다해 말할 수밖에 없다.

"……그렇다면……."

고개를 숙인 아스하인 양의 입에서 흘러나온 작디작은 말에, 나는 귀를 기울였다.

"……해도…… 될까요?"

"으음, 뭐?"

"당신이, 미나미 양이나…… 다른 여자애에게 하듯이……
저기……."

마치 말을 반죽하고 있는 것처럼 입을 오물거리던 아스하
인 양은, 볼을 새빨갛게 붉히면서 이렇게 말했다.

"포옹해도…… 될까요?"

……아아, 그렇구나.

나는 미소를 머금으며, 두 팔을 벌렸다.

"물론이야. 자."

아스하인 양이 당황스러운 눈길로 오른편을 보고, 왼편을
보더니, 다시 한번 오른편을 보고 나서, 이유도 없이 발치의
모래사장을 내려다본 후, 몰래 심호흡을 한 번 한 끝에, 다
시 내 얼굴을 응시했다.

그리고 말했다.

"—에잇."

귀여운 기합이었다.

온몸으로 느낀 충격 또한, 귀여웠다.

아스하인 양의 조그마한 몸을 가슴으로 받아 주면서, 그
녀의 등에 팔을 둘렀다.

부드럽고, 따뜻하며, 귀엽다.

이 사람이 바로 아스하인 란이란 여자애였다.

귓가에서, 아스하인 양이 말했다.

"저기…… 이리도 양."

"응."

"저는…… 이런 건, 잘 못하지만……."

"응."

"눈치 없는 소리를, 할지도 모르지만……."

"응."

"사랑 이야기 같은 것도…… 못하지만……."

"응."

"앞으로…… 친하게, 지내 주겠어요?"

"응."

나는 망설임 없이 고개를 끄덕이며, 대답했다.

"나야말로, 잘 부탁해."

이리도 미즈토 ◆ 해피 엔딩(여자애들에게 있어서는)

셋째 날 오후는 첫째 날과 마찬가지로 오키나와 본섬의 남부 구역으로 돌아와서 조별 행동을 했다.

어디에 갈지는 조별로 자유롭게 정하지만, 대부분의 조는 나하 시 최대 번화가인 국제 거리를 골랐다. 그리고 우리 조도 예외는 아니었다.

번화가라고는 해도 도쿄 같은 대규모 거리는 아니며, 일직선 2차선 도로 주위에 체인점과 대기업 안테나 매장 및 여행선물 가게가 줄지어 있는 곳이었다. 교토로 치면 테라마치 쿄고쿠란 거리와 비슷한 분위기일지도 모른다. ―이곳은 머리 위편에 아케이드가 없고, 한발 일찍 여름 하늘이 펼쳐져 있으며, 길 또한 더 넓지만 말이다.

가로수가 야자나무인 것이 가장 오키나와다운 포인트였다. ―그렇게 생각하는 건, 내가 평소 이런 곳에 흥미가 없어서일지도 모른다.

우선 배부터 채우기로 한 우리는 사전 조사로(주로 카와나미와 미나미 양이) 점찍어 둔 카페에 들어갔다.

메뉴를 보니, 산더미 같은 생크림에 산더미 같은 과일을 얹은 크레이프 같은 것의 사진이 눈에 들어왔다. 욕망과 더부룩함의 시소게임을 즐기라고 만든 듯한 메뉴였다.

"으그그그극…… 칼로리…… 칼로리가……."

이사나는 메뉴 사진을 보면서 잠꼬대하듯 그런 소리를 되풀이했다.

미나미 양은 그런 이사나의 등을 상냥히 두드려 주면서, 사기꾼 같은 어조로 말했다.

"괜찮아……. 오늘 하루는 괜찮아. 하루 과식한다고 배 안 나와……."

"그…… 그렇죠……? 하루쯤은……."

"그렇게 다이어트를 열심히 했잖아……. 자기한테 포상을 줘야 하지 않겠어……?"

"그래요……. 포상이에요……!"

나는 바로 지금, 요요 현상의 늪에 빠지려 하는 인간을 보고 있다.

오늘은 치트 데이인 것으로 눈감아 주겠지만, 돌아가면 운동을 마구 시켜야겠다. 내 눈에 흙이 들어갈 때까지는 건강을 해치게 두지 않을 것이다.

한편, 유메와 아스하인은 함께 메뉴를 보고 있었다.

"나는 이것저것 다 토핑된 이거로 할래. 아스하인 양은 어쩔 거야?"

"저는…… 으음……."

딱 봐도 이런 장소에 익숙해 보이지 않는 듯한 아스하인 양이 뭘 주문할지 고민하는 모습을, 유메는 훈훈한 표정으로 지켜보고 있었다. 나 따위보다 훨씬 형제자매 같아 보이는걸.

아스하인은 유메에게 마음을 연 건지, 그녀의 곁에서 떨어지려 하지 않았다. 이사나가 나한테 그러듯 툭하면 들러붙지는 않지만, 유메가 나나 미나미 양과 이야기를 나눌 때도 항상 곁을 지키고 있었다. 그리고 항상 무표정하다가도 유메가 말을 걸어 주면 표정이 아주 조금 부드러워졌다. 유메 또한 그런 아스하인의 반응을 보며 기뻐하는 눈치였다.

산더미 같은 생크림 및 과일과 격투를 마치고 카페를 나선 우리는 보행로를 따라 걸었다.

길가의 여러 가게를 둘러보는 와중에도 유메는 아스하인에게 자주 말을 걸었고, 아스하인 또한 서툴게나마 계속 대답했다.

그런 자매 같은 두 사람을, 미나미 양은 뒤편에서 복잡한 표정으로 응시하고 있었다.

"내…… 내 포지션인데……!"

"어른스럽지 못한 소리 말라고."

어처구니없다는 투로 그렇게 말한 이는 카와나미 코구레였다.

"평소에는 그렇게 내성적이던 이리도 양이 저렇게 적극적으로 나서고 있잖아? 훈훈하게 지켜봐 줘. 얌전히 말이지."

"그래서 얌전히 있잖아! 쓸쓸하지만, 부럽지만, 언니 같은 유메도 귀여운걸……!"

"결과적으로 잘된 거 아냐?"

소꿉친구 콤비의 뒤편에서, 나와 함께 그 광경을 지켜보던 이사나가 불쑥 이렇게 말했다.

"미즈토 씨…… 저, 요즘 백합에 눈떠 버렸어요."

"되게 뜬금없는 커밍아웃이네."

"하지만 그렇게 되면, 미즈토 씨가 무지 방해돼요. 어쩌면 좋을까요?"

"내가 어떻게 알아. 사람을 백합 사이에 눈치 없이 끼어드는 남자 취급하지 마. 굳이 따지자면, 쟤들이 나를 자기들 사이에 끼워 넣었거든?"

"으음~~~~. 하지만 백합 커플의 두 사람 다 글래머인 건~~~~ 좀 그렇지 않나요~~~~? 저 두 사람 사이에 갭이 있는 편이 좋을 것 같은데~~~~ 하렘이면 최고일 텐데 말이죠~~~~."

남들이 이해 못 할 고민을 하며 끙끙대기 시작한 이사나를, 나는 그냥 내버려두기로 했다.

나로서는 유메에게 성실한 친구가 늘어난 것은 기쁜 일이다. 유메가 스스로 나서서 거머쥔 관계이기도 하며, 무엇보다 이제까지 가장 친한 친구 포지션을 차지하고 있던 미나미 양이 저 모양이니 말이다.

아스하인은 미나미 양과 다르게 스토킹도 안 하고, 좋아하지도 않는 상대와 결혼해서 유메와 가족이 되려고도 하지 않는다. 설령 나와 유메가 사귄다는 것을 커밍아웃하더라도, 아스하인이라면 담담하게 그 사실을 받아들일 것이다―.

나는, 그렇게 생각했다.

이 순간까지는 말이다.

국제 거리에서 옆으로 뻗어 있는 아케이드 상점가에 들어서자, 교토의 테라마치 쿄고쿠 거리를 연상케 하는 로케이선이 펼쳐졌다.

각양각색의 상품을 가게 앞에 산더미처럼 쌓아 놓고 길가는 이들의 눈길을 뜨는 광경은 축제 때의 노점을 연상케 했다. 그중에서도 유메 일행의 눈길을 끈 것은 화사한 꽃무늬가 그려진 알로하 느낌의 원피스였으며, 서로의 어깨에 대보더니 어울리느니 마느니 하며 꺄아꺄아~ 하고 있었다.

그 광경을 멀찍이서 쳐다보고 있을 때였다.

"……일단, 고맙다는 말을 해 둘게요."

어느새, 아스하인 양이 내 옆에 서 있었다.

딱히 나를 쳐다보지도 않으며, 가게 안에서 즐겁게 이야기를 나누고 있는 유메를 응시하고 있었다. 그 모습을 본 나는 약간 놀리듯 웃으며 대답했다.

"무슨 소리야?"

"첫째 날…… 버스 안에서, 당신은 저를 받아들여 줬어요. 그때…… 저는, 기분이 좋았죠."

"그거 다행이네."

"만약 그런 일이 두세 번 더 일어났다면, 저는 당신을 정말 좋아하게 됐을지도 몰라요."

나는 그 발언을 듣고 약간 놀랐다. ─발언의 내용 탓이 아니다. 그녀 자신이 그 점을 인정해서다.

"……하지만, 실제로는 그렇게 되지 않았잖아?"

내가 그렇게 말하자, 아스하인은 고개를 끄덕였다.

"당신은 남자 중에서 그나마 괜찮은 편이에요. 하지만, 제 몸을 허락할 정도는 아니에요."

"……. 너한테, 연애 대상으로 인정하는 기준은 그거야?"

"그것 말고 뭐가 있죠?"

이사나에 가까운 합리주의자인걸— 연애란 개념 자체를 이해하지 못하면, 필연적으로 생물학적인 관점에서 생각하게 되는 것이다.

"……뭐, 나도 그편이 나아. 네가 나한테 반해 봤자 곤란해질 뿐이거든."

"왠지 기분 나쁘군요—. 하지만, 지금은 그 말을 받아들이겠어요. 당신에게도, 히가시라 양에게도, 실례를 범한 건 바로 저니까요."

그러고 보니 그녀는 내가 이사나와 사귀는 줄 알고 있다. 유메와 가까워진 이스하인에게 계속 숨기는 것도 성가시니, 이 기회에 확 진실을 알려 줄까—.

그렇게 생각한 직후…….

"하지만……."

이스하인이 말했다.

강아지 정도는 그냥 쳐다보기만 해도 죽일 수 있을 듯한, 살기로 가득 찬 눈길을 띠면서 말이다.

"피가 이어져 있지 않다고는 해도, 이리도 양을 건드린다면— 죽여 버릴 거예요."

순식간에 등이 식은땀으로 축축해졌다.

아무 말도 못 하는 나를 내버려둔 채, 아스하인은 유메의 곁으로 돌아갔다.

나는 그 조그마한 등을, 쳐다보지 않을 수 없었다.

당연했다.

목숨이 위기에 처한 동물은, 그 원인에서 눈길을 떼지 못하는 법이다.

"……어? 이리도? 왜 그래?"

비교적 가까운 곳에 있던 카와나미가 말을 걸어왔지만, 나는 좀처럼 대답하지 못했다.

이제 어떻게 하지.

이미 이 세상을 하직할 수밖에 없게 됐는데 말이다.

이리도 유메 ◆ 평범하게 수학여행을 즐길 뿐

수학여행 셋째 날도 해가 지려 하고 있었다.

객실에 들어가자마자, 아카츠키 양이 「우오~!」 하고 환성을 질렀다. 셋째 날의 방은 벽지와 가구가 흰색으로 통일되어 있어 청결한 느낌이었으며, 가장 큰 특징은 침대 위치였다.

오늘도 4인실이라 침대가 네 개 있지만, 그중 두 개는 사다리 위의 로프트에 있었다. 다른 두 개는 로프트 바로 아래에 있지만, 아스하인 양과 아카츠키 양이라면 침대 위에

서더라도 머리가 부딪치지 않을 만큼 천장이 높았다. 누구
나 한 번쯤 살아 보고 싶다고 생각했을 법한, 그런 꿈만 같
은 방이었다.

아카츠키 양은 재빨리 계단 위로 올라가더니, 로프트 위에
서 얼굴을 내밀면서 「오오~!」 하고 한 번 더 환성을 질렀다.

"신난다~! 나, 이 침대 써도 돼?!"

"다른 희망자가 없다면 말이야."

내가 그렇게 말하며 다른 두 사람을 쳐다보니, 히가시라
양이 로프트를 올려다보며 꾸물거리고 있었다.

"히가시라 양도 위쪽에서 잘래?"

"네? ……이, 일단, 둘러보고 결정할래요……."

히가시라 양은 약간 걱정스러운 손놀림으로 사다리를 올
라갔다. 자다 깬 상태에서 굴러떨어지지 않을지 걱정되는
데……. 좀 불안한 눈길로 그 모습을 지켜본 나는 로프트
아래편에 있는 침대 중 하나에 걸터앉았다.

"어서 와~!"

"오오……! 비밀기지 느낌이네요……!"

"여기라면 아무도 방해 못 해……. 마음껏 소리 질러!"

"으냥~!"

즐거운 목소리가 머리 위쪽에서 들려왔다.

남은 침대에 아스하인 양이 앉더니, 나와 시선을 마주했
다. 멋쩍어진 나는 헛웃음을 흘렸다.

"위의 두 사람은 즐거워 보이네."

"……그렇군요."

아스하인 양은 허물없이 행동하는 데 익숙하지 않은 건지, 약간 경직된 태도로 그렇게 말했다. 존댓말도 쓸 필요 없다고 생각하지만, 이미 버릇이 된 걸까. 히가시라 양처럼 『누구한테 존댓말을 써야 하고 누구한테 반말을 써도 되는지 헷갈리니까 전부 존댓말』 같은, 어처구니없는 이유로 존댓말을 쓰는 것 같지는 않지만 말이다.

아스하인 양의 긴장을 풀어 주기 위해, 나는 농담을 건넸다.

"우리도 꽁냥꽁냥할까?"

"네엣?!"

아스하인 양이 깜짝 놀라더니, 방금 목욕을 한 것처럼 얼굴을 새빨갛게 붉혔다.

"아, 아니, 저희는, 그렇고 그런 관계가 아니랄까, 학생회 임원으로서 그런 문란한 짓을 할 수는……!"

"에이~. 괜찮아, 괜찮아~."

자기 침대에서 일어선 나는 아스하인 양의 침대에 무릎을 올려놓은 후, 「에잇」 하며 그녀의 조그마한 몸을 밀쳤다. 놀란 듯한 아스하인 양은 「꺄앗?!」 하고 비명을 질렀다.

"자, 약점은 여기려나~?"

"하응…… 거기는…… 앗, 하앙……!"

아스하인 양의 몸을 끌어안은 후, 옆구리 쪽을 간질간질

해 줬다. 그러자 아스하인 양은 얼굴을 새빨갛게 붉히더니, 민감하게 몸을 떨면서 어리광을 부리는 듯한 가느다란 목소리를 흘렸다.

귀여워~~~~!

평소에 아스하인 양을 툭하면 인형처럼 끌어안는 아소 선배의 마음을 이해할 수 있었다. 조그마하고 귀여우며 재미있는 반응을 보이다니, 완전 최고 아냐? 으음…… 쭉 이러고 싶네…….

"……저기, 저기……."

어느새 조용해진 로프트 위쪽에서, 낮은 이야기 소리가 들려왔다.

"……아래쪽……."

"……네……."

"……진짜로, 하고 있는 거 아냐……?"

"……하고 있는 게 틀림없어요……."

"안 하고 있거든?!"

나는 위층을 향해 항의했다.

인터넷 카페의 옆 부스에서 꽁냥거리던 커플처럼 여기지 말아 줄래?!

저녁 식사를 하기 위해 아래층으로 내려간 우리는 미즈토

와 마주쳤다.

뷔페식인 저녁 식사가 시작될 때까지 아직 시간이 있다. 한동안 단둘이 이야기를 나눌 기회가 없었으니, 마침 잘 됐다고 생각한 나는 미즈토에게 「잠시 나 좀 봐」라고 말했다.

"—이런 일이 있었어."

나는 오전에 바다에서 아스하인 양에게 들었던 이야기를, 미즈토에게 해 줬다.

미즈토도 우리가 화해할 수 있도록 도와줬으니, 이 이야기를 들을 권리가 있다고 생각한 것이다.

"……그래. 고백이구나……."

미즈토는 아스하인 양이 풀장에서 본 일에 관심을 보였다.

"확실히 고백하기 좋은 장소이긴 해."

"맞아. 나처럼, 거기라면 다른 학생이 안 오리라고 생각한 걸까?"

"글쎄—. 우연히 단둘이 거기 들어갔는데, 분위기에 휩쓸려서 고백했을 가능성도 있긴 해."

그렇구나. 그런 패턴도 있겠구나. 나 자신을 포함해, 내 주변에는 상황 준비를 마친 후에 고백하는 이들뿐이었기에 그런 생각은 못 했다.

"궁금한 게 있는데, 아스하인이 그 고백 받은 사람과 함께 풀장에서 나온 시간은 이야기했어?"

미즈토는 기묘한 질문을 던졌다.

나는 고개를 갸웃거리면서 그 이야기를 떠올려 봤지만, 딱히 집히는 데가 없었기에 고개를 저었다.

"못 들었어. 풀장에 들어간 시간은 여덟 시 반 정도라고 말했는데— 나온 시간까지는 말 안 했거든. 아스하인 양은 손목시계를 안 찼으니까, 정확한 시간은 모르는 것 아닐까?"

"그래…… 그러고 보니, 다들 스마트폰을 안 가지고 있지."

손목시계가 없으면, 시간을 확인할 방법이라고는 조장이 가지고 있는 휴대전화기뿐이다. 그래서 손목시계를 차고 온 사람도 있는데— 요시노 양도 그런 사람 중 한 명이다.

"……그런데……."

미즈토가 갑자기 화제를 바꿨다.

"아스하인이 무슨 말 안 했어? 저기…… 우리가 한집에서 사는 것에 대해 말이야."

"이제 와서 무슨 소리야? 소문이라도 돌까 봐 걱정해? 네가 그런 섬세한 타입이었어?"

"그게…… 아스하인은 성실한 타입이니까, 가족이라고는 해도 피가 이어지지 않은 이성과 네가 동거하는 것에 나름대로 생각하는 바가 있지 않을까 싶거든."

"이제 와서 신경 쓸 일이 아니지 않아? 우리가 의붓남매인 건 아스하인 양도 이미 알고 있는걸…… 차라리 우리가 사귄다는 걸 이야기해—."

"그건 관둬."

날카롭고, 강렬한 부정이었다.

내가 깜짝 놀라자, 미즈토는 얼버무리듯 이렇게 말했다.

"동거까지는 이해해도, 사귀는 건 이해 못 할지도 모르잖아?"

"그건 그렇지만……. 저기, 무슨 일 있었어?"

"무슨 일 말이야?"

수상하다……. 수상하지만, 이 남자는 포커페이스에 정말 능하다. 완전히 꼬리를 잡을 수는 없었다.

"……아무튼, 우리 관계를 아스하인 양에게 숨기면 되는 거지?"

"그편이 나을 거야."

"실은 아스하인 양과 양다리를 걸친 걸 들킬까 봐 이러는 거면, 확 죽여 버릴 거야."

"그런 짓을 할 리가 없잖아……."

미즈토는 어처구니없다는 투로 그렇게 말했다. 물론 나도 진짜로 그런 의심을 하는 건 아니다.

이야기를 나누다 보니, 저녁 식사를 하는 연회장의 문이 열리기 시작했다.

더 사이좋게 이야기를 나누는 것도 좋지 않을 것이다. 미즈토에게 손을 흔들면서 헤어지려던 순간, 그는 「아, 맞다. 부탁이 하나 더 있어」라고 모 드라마의 주인공인 스기시타 우쿄 형사 같은 말을 했다.

"혹시 요시노가 말을 걸어오면, 해 줬으면 하는 말이 있어."

"요시노 양에게 말이야?"

그 말의 내용을 듣고, 나는 고개를 더 갸웃거렸다.

"아무튼 전해 주기만 해. 그것으로 충분할 거야."

"대체 뭐가 충분하다는 건데……?"

"신경 쓰지 마. 너는 아스하인과 함께 수학여행을 즐기는 것만 생각해. 그게 가장 중요하잖아?"

나에게서 돌아선 미즈토는 연회장 안으로 걸어 들어가면서 이렇게 말했다.

"뒷일은 내가 정리하겠어. ―나한테 맡겨."

그리고 시작된 뷔페에서, 미즈토가 아까 한 말은 마치 예언이라도 되는 것처럼 적중했다.

"아~, 유메. 이번에는 미안했어."

쟁반을 들고 요리를 담으며 돌아다니고 있을 때, 요시노 양이 내 옆으로 와서 어색하게 말을 건넸다.

오늘의 요시노 양은 상반신의 몸매를 감추는 품이 낙낙한 블라우스와 길쭉한 다리의 라인을 과감히 드러내는 검은색 스키니를 입고 있었다. 마치 모델을 연상케 하는 멋진 느낌의 패션이었다. 자기 자신에 대한 자신감이 느껴지는 복장이었지만, 당사자의 표정은 평소보다 가라앉은 것처럼 보였다.

"장난삼아서 시작한 건데, 설마 본인에게 들킬 줄은 몰랐어─. 아~, 이런 말도 좀 그렇겠네. 아무튼 네 뒤를 캐는 듯한 짓을 해서 미안해!"

"아…… 혹시, 안내서 이야기야?"

나는 그제야 이해했다.

안내서를 이용한 암호 통신으로 내가 사귀는 상대를 찾는 것─ 아스하인 양에 대한 일로 정신이 없는 탓에, 원래 불쾌하게 여겨야 할 그 일을 까맣게 잊고 있었다.

그런 나를 본 요시노 양은 깜짝 놀란 표정을 지었다.

"전혀 신경 안 쓰는 거야? 우와~, 그릇 되게 크네~."

"아, 그런 게 아니야. 그냥 다른 일에 정신이 팔려서……. 게다가 진짜로 악의는 없었던 거잖아. 괜한 소리를 하고 다닌 나한테도 잘못은 있고……."

"그렇지 않아~! 내가 유메 같은 상황이었어도 같은 말 했을 거야. 남친 있으니까 추근대지 좀 마~ 하고 말이지~."

"그것보다, 우리 반 애들 사이에 골이 생긴 건 아닌지 걱정돼……. 내 탓에 둘로 갈라졌다며?"

"아~, 그건 괜찮아! 나와 아카츠키 양이 대표로 합의 봤거든!"

합의라니…….

"양쪽 다 스파이 놀이 하며 즐거웠거든? 그러니 그냥 훌훌 털어 버리기로 했어! 유메 양은 아무 걱정 안 해도 돼!"

"그러면 괜찮지만……."

남들을 이렇게 신경 쓰는 걸 보면, 요시노 양도 나쁜 사람은 아니다. 겉모습이 꽤 화려하고, 남에게 스스럼없이 다가서는 타입일 뿐이리라.

"정말~, 이번 수학여행은 정말 지긋지긋했어……. 여러모로 실수 연발이라 기분이 바닥을 친다니깐……."

요시노 양은 그녀답지 않게 풀이 죽은 듯한 목소리로 그렇게 말하더니…….

"하지만 바다에서는 엄청 즐거웠고, 수족관의 고래도 무지 귀여웠어! 플러스마이너스로 생각하면 플러스려나~!"

"그, 그래……. 그러면 다행이야……."

저 찬란한 포지티브함에, 아싸인 나는 정화될 것만 같았다. 인생을 즐기는 게 특기인 것 같아, 솔직히 부럽다.

"그러면 사과도 했으니, 이만 가 볼게~!"

요시노 양은 그대로 태풍처럼 나를 지나쳐 가려 했지만, 나는 그제야 미즈토에게 받은 부탁을 떠올렸다.

"잠깐만! 미즈토가 너를 보면 전해 달라고 한 말이 있는데……."

"어? 미즈토가? 왜?"

"그건 나도 모르겠는데…… 으음—."

나는 미즈토가 한 말을 떠올린 후, 그것을 있는 그대로 자기 목소리로 읊었다.

"—『이제는 늦었겠지만, 선생님에게 보고하는 편이 나을 거야』랬어."

그 순간…….

찬란히 빛나는 것 같던 요시노 양의 표정이, 얼어붙은 것처럼 딱딱해졌다.

어…? 왜?

이 영문 모를 메시지를, 요시노 양은 이해한 건지— 그녀는 표정을 딱딱하게 굳힌 채, 들릴락 말락 하는 가녀린 목소리로 이렇게 말했다.

"그 말을…… 미즈토가 한 거야?"

"으…… 응. 자세한 건 이야기 안 해 줬는데……."

"그……래……. 고마워. 나도 영문을 모르겠지만, 자세한 건 본인에게 물어볼게!"

요시노 양은 곧 환한 표정을 지었지만, 나는 아까 표정을 잊지 못했다.

마치 가면이— 깨진 것만 같았다.

그럴 리가 없지만, 요시노 양의 얼굴에 커다란 금이 간 듯한…… 그런 착각마저 들었다.

나와 헤어지고 친구들 곁으로 향하는 요시노 양을, 나는 말없이 응시했다.

—뒷일은 내가 정리하겠어.

나는 이제 신경 쓰지 않아도 될 것이다.

미즈토가 그렇게 말했으니 말이다. 내가 이제부터 해야만 할 일은, 아스하인 양과 함께 수학여행을 즐기는 것이다.

그렇다면, 나는 내가 해야 할 일에 온 힘을 다하자.

나는 방금 본 요시노 양의 표정을 가슴속 깊은 곳에 밀어넣은 후, 아스하인 양 일행이 있는 테이블로 돌아갔다.

탈의실에서 히어로가 탄생했다.

"어……? 무…… 무지 커……?!"

"평소에 뭘 먹은 거야?! 특별한 체조라도 해?!"

"역시 남자구나! 남자가 주물러 주면 커진다는 게 사실이었어!"

"마, 마마마마마, 만져 봐도……?"

흥분한 여자들에게 둘러싸인 건, 상의를 벗고 브래지어를 드러낸 히가시라 양이었다. 어린애에게 둘러싸인 히어로 같은 처지가 된 그녀는 한껏 당황한 상태에서 「어어~」, 「으음……」 같은 소리만 흘리고 있었다.

셋째 날에 묵는 호텔이 이제까지의 숙소와 다른 점은 바로 대형 목욕탕이 있다는 점이다. ─그것도 온천이다. 이렇게 되면 가 볼 수밖에 없다고 생각한 여학생들이 탈의실에 집합한 결과, 펼쳐진 것이 바로 이 상황이다. 필연이려나…….

물론 히가시라 양의 가슴이 어마어마한 볼륨을 자랑한단

것은 같은 반 여자애들은 다 알고 있었다. 이제까지는 옷과 엉거주춤한 자세와 존재감으로 숨겼지만, 체육 시간에 옷을 갈아 입을 때도 눈길을 끌었으며, 애초에 그 크기는 슬슬 숨길 수 있는 영역을 화끈하게 넘어서고 있었다.

하지만 이제까지 이렇게 대놓고 놀릴 기회는 거의 없었다. 남친으로 알려진 미즈토가 히가시라 양을 과보호하기 때문이다. 나와 아카츠키 양뿐인 자리라면 몰라도, 공개적인 자리에서 그녀를 욕보이는 짓을 그가 절대 용서할 리가 없는 것이다.

여자들 또한 교내에서 인기가 있는 미즈토에게 미움을 사고 싶지 않아서 공공연한 비밀이랄까, 암묵적인 룰 느낌으로 그녀의 가슴을 건드리지 말자는 분위기를 형성해 왔다.

그렇지만, 이 공간— 여자밖에 없는 탈의실, 서로가 알몸이라는 개방감.

이런 조건에 따라, 여자들의 흥미가 폭발한 것이다.

"자, 자, 자~. 다들 물러나~."

그저 얼굴을 붉히고만 있는 히가시라 양을 대신해, 아카츠키 양이 경비원처럼 끼어들어서 여자애들을 물러서게 했다.

"줄 서, 줄 서~. 조물조물 한 번당 천 엔이야~."

"비싸~!"

"천 엔…… 크으으으!"

"이, 만 엔…… 만 엔까지라면……!"

"가라~! 부모님한테 받은 여행 선물 구매용 용돈!"

"앗! 지갑 꺼내지 마!"

학생회 임원으로서 두고 볼 수는 없었다. 내가 화내자, 여자애들은 그대로 뿔뿔이 흩어지며 도망쳤다.

해방된 히가시라 양은 한숨을 내쉬면서 가슴을 쓸어내렸다.

"고마워요, 유메 양……."

"괜찮아. 그냥 놔뒀다간 나중에 미즈토한테 혼날 것 같거든."

"자칫하면 여고생에게 차례차례 가슴을 조물조물 당하는 괴상한 성적 취향에 눈뜰 뻔했어요."

"……혼나야 할 사람은 너 같네."

히가시라 양 스타일의 농담이라 믿고 싶다.

나는 다음으로, 이미 팬티 한 장만 걸치고 있는 아카츠키 양을 쳐다봤다.

"아카츠키 양도 남의 몸 가지고 장사하지 마!"

"천 엔이라고 하면 관둘 줄 알았는데, 오히려 더 달려들어서 놀랐다니깐! 푸하하~!"

"정말……."

하지만 나와 아카츠키 양은 고베에서 한 번 만져 봤기 때문에 냉정한 것일 뿐, 안 그랬다면 다른 애들과 같은 반응을 보였을지도 모른다. 그래도 천 엔이나 내면서까진 주무르지 않겠지만 말이다.

히가시라 양은 드디어 브래지어의 후크를 쥐더니, 그것을 풀었다. 하지만 나는 눈치챘다. 도망친 여자애들이 그 광경을 힐끔힐끔 곁눈질하고 있다는 사실을 말이다. 히가시라 양의 가슴에서 브래지어가 벗겨지면서, 해방된 풍만한 가슴이 고무공처럼 출렁인 순간, 「우오오……」 하고 술렁이는 목소리가 들려올 지경이었다.

그래도 히가시라 양이 이목을 모은 덕분에 나는 내심 안도했다. 실은 요즘 들어 글래머 라인에 한 발 걸치고 있지만, 히가시라 양 덕분에 그다지 주목받지 않았다.

참고로 아스하인 양의 주위는 조용하기 그지없었다.

재빨리 옷을 벗은 아스하인 양은 곡선적인 가슴에 수건을 댔다. 물론 그런다고 조그만 체격에 걸맞지 않은 저 커다란 쌍둥이 계곡이 가려질 리 없지만, 히가시라 양이 완벽하게 미스디렉션을 해 주고 있었다.

아스하인 양은 히가시라 양보다 더 저런 관심을 질색할 것 같으니까……. 내가 온천에 데려온 만큼, 기분 나쁜 일을 겪게 하지 않아서 다행이다.

“……이리도 양?”

아스하인 양이 의아한 표정으로 나를 쳐다봤다. 내가 아직도 옷을 벗지 않았기 때문이리라.

나는 벗은 블라우스를 옷 바구니에 넣으면서 말했다.

“나는 머리 묶어야 하니까, 먼저 들어가.”

“그런가요…….”

아스하인 양은 그렇게 말하면서도 내 곁에서 떨어지지 않았다.

옛날의 자신을 떠올린 나는 미소를 머금었다. 나도 중학생 시절에는 이런 식으로 친분이 있는 상대의 곁을 한사코 떠나지 않았다.

하지만 알몸으로 탈의실에 멀뚱멀뚱 서 있으면 거북할 것이다. 속옷 차림이 된 나는 아스하인 양을 향해 등을 내밀면서 말했다.

"머리카락 묶는 걸 도와줄래?"

할 일 없이 서 있던 아스하인 양은 내 말을 듣고 고개를 들더니, 「네」라고 답하면서 내 머리카락을 조심조심 만졌다.

아스하인 양은 내 머리카락을 빗질한 다음에 손으로 묶었고, 나는 남은 머리카락을 직접 말았다. 그것을 헤어클립으로 고정하면 끝이다.

"고마워."

내가 뒤돌아보며 그렇게 말하자, 아스하인 양은 「아뇨」라고 대답하며 약간 멋쩍어했다.

그 후, 브래지어와 팬티를 벗어서 바구니에 넣은 나는 수건을 손에 쥐었다. 바로 그때, 수건으로 몸을 가리기는커녕 당당히 알몸을 훤히 드러낸 아카츠키 양이 히가시라 양을 데리고 다가왔다.

"유메, 들어가자~."

“응.”

나는 고개를 끄덕이며 뒤돌아봤다.

내 옆에는 아스하인 양이, 그리고 반대편에는 부끄러운지 몸을 웅크리고 있는 히가시라 양이 나란히 서 있었다.

그러자— 갑자기 입을 다문 아카츠키 양이 우리 세 사람을 차례차례 둘러보기 시작했다.

“뭐…… 뭐 하는 거야?”

아카츠키 양은 우리의 가슴, 허리, 엉덩이를 무표정한 얼굴로 관찰하더니…….

“삐삐삐삐— 펑!!”

귓가에서 뭔가가 폭발한 듯한 제스처를 취한 후, 갑자기 아스하인 양을 손가락으로 척 가리켰다.

“86, 53, 74.”

다음에는 히가시라 양을 손가락으로 가리키더니…….

“측정 불능, 63, 94.”

그리고 마지막으로 나를 손가락으로 가리켰다.

“85, 56, 79.”

아카츠키 양은 알아듣지 못할 숫자를 입에 담은 후, 그대로 뒷걸음질 치면서 우리와 거리를 벌렸다.

“미안한데, 도저히 나란히 못 서겠어.”

“뭐?”

“스카우터가 고장난 거야~!”

그렇게 외친 아카츠키 양은 쏜살같이 욕실 안으로 뛰어들어갔다.

호, 호들갑이 심하다니깐…….

아카츠키 양도 키가 작기는 해도 몸매가 나쁘지는 않으니까, 신경 쓰지 않아도 될 텐데 말이다.

하지만, 아무래도 신경 쓰고 있는 사람은 아카츠키 양만이 아닌 것 같았다.

히가시라 양은 눈을 치켜뜨더니, 옆에 있는 내 가슴을 응시했다.

“파, 팔십오…….”

“측정 불능이 무슨 소리 하는 거야?”

회색 돌로 만들어진 욕조에, 옅은 갈색의 물이 흘러들어오고 있었다.

우리가 남들보다 늦게 욕조 안에 들어가 보니, 눈에 익은 여자애들이 그 욕조 안에서 꺄아꺄아~ 소란 피우며 안쪽으로 갔다 이쪽으로 돌아오는 영문 모를 행동을 되풀이하고 있었다.

욕조 가장자리에 등을 맡기며 물 안에 들어가 있는 나스카 양을 발견한 나는 말을 건넸다.

“다들 뭐 하는 거야?”

나스카 양은 쇼트 보브 헤어를 살짝 흔들며 나를 돌아보더니, 「저거데이」라고 말하며 천장 안쪽을 손가락으로 가리켰다.

한가운데부터 안쪽까지의 천장에 밤하늘이 펼쳐져 있었다.

구멍이 나 있는 것이다. 그곳을 통해 스며들어온 별빛이 욕조 한가운데부터 안쪽을 비췄고, 불어 들어온 바람이 실오라기 하나 걸치지 않은 피부를 시원하게 매만졌다.

"노천탕……."

아스하인 양이 중얼거렸다.

꺄아꺄아 거리던 여자애들은 천장에 뚫려 있는 곳으로 갔다가 부끄러운 듯이 첨벙거리며 되돌아온다고 하는, 치킨 레이스 같은 짓을 하고 있었다.

천장으로 밤하늘을 볼 수 있을 뿐이니, 하늘을 날 수 있는 인간이 아니면 이 안을 볼 수 없겠지만, 확실히 알몸으로 바깥 공기에 닿는 건 좀 용기가 필요한 일이다.

아무래도 그 치킨 레이스의 승자는 두 명인 것 같았다.

욕조 가장 안쪽에서는 낯익은 인물 두 명이 당당히 어깨를 돌담에 올려놓으며 쏟아져 내리는 별빛을 온몸으로 받고 있었다.

"……아, 세 사람 다 왔구나~!"

"이리도 양이잖아~! 이쪽으로 와~!"

한 사람은 아카츠키 양, 그리고 다른 한 사람은 마키 양이었다.

체격이 차이 나기는 하지만, 늘씬하고 스포티한 스타일인 두 사람이 물에 몸을 담근 채 늘씬한 발을 쭉 뻗고 있었다.

태연하게 손짓을 하고 있지만…… 나는 아스하인 양과 히가시라 양을 번갈아 쳐다봤다.

몇 초 동안 서로의 속내를 캔 후, 히가시라 양이 한 걸음 뒤로 물러섰다.

"자, 어서 가시죠."

"마치 내가 가고 싶어 한다는 투로 말하지 말아 줄래?"

어쩔 수 없다……. 안 그래도 눈길을 끄는 히가시라 양과 아스하인 양을 이 치킨 레이스에 끌어들일 수는 없으니 말이다.

온천에 발을 들인 나는 머뭇머뭇, 천장에서 쏟아지는 그림자 안에서 한 걸음 밖으로 나갔다.

차가운 밤기운이 피부를 휘감았다. 머리 위를 쳐다보자, 네모난 구멍을 통해 별하늘이 보였다. 그야말로 보석상자의 뚜껑을 연 것만 같지만, 그것보다 신경 쓰이는 점은 자신의 몸에서 옷의 감촉이 느껴지지 않는단 것이다.

……나, 알몸으로 밖에 나와 있어…….

비일상적인 개방감, 그리고—.

"—부도덕적인 느낌이 들지?"

온천을 향해 시선을 돌리자, 음흉한 표정을 짓고 있는 아카츠키 양이 눈에 들어왔다.

마키 양과 함께 두 팔과 두 다리를 쭉 뻗더니, 머리 위에 있는 밤하늘을 끌어안는 시늉을 하면서…….

"몸 구석구석까지 바람이 닿는 쾌감!"

"이게 원시 인간의 삶……! 중독될 것만 같아~!"

……노천탕을 즐기는 법으로써는 옳을지도 모르지만, 왠지 이 사람들과 같은 부류로 여겨지고 싶지 않았다.

바로 그때, 첨벙첨벙하는 물소리가 뒤편에서 들려왔다.

고개를 돌려보니, 수건으로 가슴만 겨우 가린 아스하인 양이 다가오고 있었다.

"아스하인 양? ……괜찮겠어?"

아스하인 양이라면 부끄러워할 줄 알았는데 말이다.

그녀는 머리 위의 밤하늘을 올려다보며 말했다.

"모처럼의 기회니까요."

모처럼의 기회라……. 예전의 아스하인 양의 입에서는 절대로 나오지 않을 말이란 생각이 들었다. 공부 말고는 전부 쓸데없는 짓이라 여기는 것 같았으니까……. 예외는 쿠레나이 회장이 부탁하거나 권유한 일 정도였으리라.

그렇다면…… 뭐, 나도, 모처럼의 기회니까…….

게다가 아스하인 양도 함께라면, 아카츠키 양과 마키 양과 같은 부류로 여겨지지 않을 것이다.

나는 아스하인 양과 함께, 아카츠키 양과 마키 양의 옆으로 이동했다.

들고 있던 수건을 돌담 가장자리에 둔 후, 천천히 몸을 물에 담갔다.

바로 그때, 마키 양의 눈이 나와 아스하인 양의 특정 부위에 향하고 있다는 것을 나는 눈치챘다.

"……출렁출렁대기는~. 한 번 주무르게 해 달라고~."

"안 돼."

내 가슴은 미즈토 전용이거든.

"내 가슴은 남친 전용이란 거냐! 크~! 이 음란녀~!"

"……"

내 생각과 마키 양의 농담이 딱 맞아들어갔기에, 나는 무심코 입을 다물었다. 으, 음란녀라니……. 평범하거든……?

그런 우리 옆에서는 아스하인 양이 상기된 얼굴로 별이 반짝이고 있는 하늘을 올려다보고 있었다.

"감상은 어때?"

몇 초 동안 뜸을 들인 후, 아스하인 양이 대답했다.

"당신과 만난 후로…… 처음으로 겪는 일이 참 많았던 것 같아요."

질문과 핀트가 어긋난 대답이었지만, 나는 당황하지 않으며 「그래?」라고 대꾸했다.

"시험 성적으로 지고 분했던 것도…… 학교 지인들끼리 여행을 가는 것도…… 아이스크림을 나눠 먹은 것도요. 전부,

저와는 인연이 없는 일이라고 생각했어요."

"여행은 쿠레나이 회장님 덕분이지만 말이야."

나는 쓴웃음을 머금으며 정정한 후…….

"이해해. 나도 고등학교에 들어온 후로 처음 겪는 일이 참 많았거든."

전남친과 가족이 된 것을 제외하더라도, 설마 내가 학생회에 들어가게 될 줄은 입학할 때만 해도 생각조차 못 했다. 아스하인 양이 처음 겪었다는 일을, 나 또한 대부분 처음 겪었다.

아스하인 양은 두 손으로 옅은 갈색의 물을 뜨더니, 손바닥에 생긴 조그마한 온천을 내려다봤다.

"이런 걸 동경하지는 않았어요. 하지만…… 의외로, 즐겁다고 생각해요. 이 깨달음은 분명 저에게 플러스가 되겠죠. ……이게 제 감상이에요."

이치만 따지며 빙빙 돌려 말하는 것 같지만…… 하지만 그것은 자기 마음을 진지하게 입에 담은 결과이리라. 성실한 아스하인 양답다는 생각이 들었다.

"아스하인 양? 우리, 이렇게 이야기 나누는 건 처음 맞지?"

우리의 이야기가 끝나기를 기다린 듯이, 마키 양이 나를 사이에 둔 채 아스하인 양에게 말을 건넸다.

"나는 사카미즈 마키라고 해! 이리도 양과는 작년에 같은 반이었는데~, 네 이야기를 자주 들었어. 말씀 많이 들었습니다~ 라고나 할까? 잘 부탁해~!”

오오…… 인사 느낌이 물씬 나네. 역시 농구부야(편견).

하지만 아스하인 양은 이런 상대에게는 투박한 태도를 보이기 마련이잖아……. 내가 어떤 말로 도움을 주면 좋을지 생각하고 있을 때, 아스하인 양이 입을 열었다.

“잘…… 부탁해요.”

딱딱한 느낌이기는 해도— 벽을 만든 것 같진 않은 인사였다.

그리고—.

“으음…… 어떤 이야기를 들었는지, 물어봐도 될까요……?”

—아니나 다를까, 아스하인 양 쪽에서 대화를 이어 가려 했다.

내가 알기로, 아스하인 양이 초면인 사람과 대화를 이어 가려 한 것은 처음 있는 일이다. 어마어마한 진보다! 미즈토와 히가시라 양은 아직 못하는데(할 생각도 없는데)!

마키 양은 기쁜 듯이, 나와 나눈 이야기를 들려줬다. 나를 사이에 두고 이야기를 나누고 있지만, 나는 아스하인 양의 기특한 노력이 너무 귀여운 나머지 시종일관 웃고 있었다.

그렇게 한동안 물에 들어가 있으니, 피로가 몰려왔다. 아스하인 양의 얼굴이 꽤 빨개진 것 같았기에, 나는 「슬슬 씻지 않을래?」라고 제안했다.

“아스하인 양, 등 씻겨 줄게.”

내가 겸사겸사 그렇게 말하자, 아카츠키 양이 「뭐~! 치사해, 치사해~!」라며 불만을 드러냈다. 하지만 이것은 노력한 아스하인 양에게 주는 포상 같은 것이다.

아스하인 양은 좀 당황하면서도…….

"아…… 그러면, 저도 도와드릴게요."

"뭘 말이야?"

"으음…… 머리카락 감기 힘들겠다고, 전부터 생각했었어요."

"그래? 고마워! 실은 진짜 큰일이긴 해……."

함께 몸을 일으킨 우리는 온천을 가로지르며 욕조 밖으로 나갔다.

바로 그때, 아스하인 양의 허벅지가 눈에 들어왔다. 오른쪽 허벅지 바깥쪽에 희미하게 붉은 선이 남아 있었다―. 화단의 나뭇가지에 베여서 난 상처다.

"허벅지의 상처, 이제 괜찮아?"

"네. 거의 다 나았어요."

"그렇구나. 하긴, 그러고 보니 바다에도 들어갔었잖아."

내가 손을 뻗어서 그 상처를 살며시 만지자, 아스하인 양은 몸을 살짝 비틀었다.

"가, 간지러워요……."

"응~? 민감한가 보네? 그럼 이러면 어때?!"

"꺄앗……! 가, 간지럽단 말이에요!"

그런 식으로 장난을 치며 노천탕을 나서는 우리를 보면

서, 주위의 여자애들이 쑥덕대는 목소리가 들려왔다.

"……너무 사이좋은 거 아냐……?"

"……그러고 보니, 이리도 양이 사귀는 사람은……."

"……이 학교에서 가장 머리가 좋은 사람이랬지……? —앗!"

"……아스하인 양은 작년 학년말 시험에서……!"

……어~?

왠지 새로운 오해를 받는 느낌이 들지만…… 일단은 됐어!

"잘 자~."

"안녕히 주무세요."

"응, 잘 자."

로프트 위의 아카츠키 양과 히가시라 양에게 그렇게 말한 후, 방의 불을 껐다.

커튼 너머로 창밖의 빛이 희미하게 스며드는 가운데, 침대 시트 위에 올라간 나는 몸을 옆으로 돌렸다.

그러자, 옆 침대에서 나와 마찬가지로 몸을 옆으로 돌린 아스하인 양과 눈이 마주쳤다.

"……."

"……."

잠시 말없이 서로를 응시한 후, 갑자기 우스워진 나는 갑자기 빙긋 웃었다.

아직 졸리지 않았다. 그리고 잠자리에 들고도 아스하인 양과 시선을 마주하고 있는 이 상황도 재미있다. 그래서 나는 낮은 목소리로, 베개에 얼굴을 반쯤 묻고 있는 아스하인 양에게 말을 건넸다.

"내일이면 수학여행이 끝나네."

"……네."

아스하인 양도 낮은 목소리로 대답했다.

"즐거웠어?"

"최종적으로는요……."

"그렇다면 다행이야."

보통 이럴 때는 어떤 이야기를 나눌까. 그런 생각을 한 직후, 나는 이 상황에서의 정석을 떠올렸다.

수학여행을 와서 밤에 나눌 이야기라면…….

"……미즈토는 어땠어?"

사랑 이야기.

하지만 사랑 이야기 삼아서 아스하인 양과 나눌 만한 이야기는 하나뿐이기에, 그녀가 좋아하지 않는다는 것을 아는 남자의 이름을 입에 담았다. 게다가 그 상대는 바로 내 남친이기도 했다.

왠지 실수했다는 느낌이 들었지만, 아스하인 양은 딱히 곤란해하지 않았다.

"나쁜 사람은 아니라고 생각해요. ……제대로 저에게 다가

서러 해 줬고요."

"그, 그랬구나……."

매몰찬 태도로 상처를 준 것보다는 낫기는 해도 자기 남친이 다른 여자애를 상냥하게 대했단 이야기를 들으니, 마음이 복잡…….

"하지만, 사귀는 건 무리예요."

"어? ……그, 그래?"

"네. 머리는 좋지만 섬세함과는 좀 거리가 멀어 보이고, 그 좋은 머리로 뭐든 꿰뚫어 보는 것 같아서 기분이 별로였어요. 그러면서 평소에는 히가시라 양의 저 가슴에 푹 빠져 있다고 생각하니, 생리적으로 무리예요."

자, 자근자근 밟아 대네…….

게다가 마지막 말은 상상에 지나지 않는 거 아냐?

"성욕에 휘둘리는 타입으로는 보이지 않지만, 의미심장한 말로 여자애를 착각하게 만드는 타입 같아요. 이리도 양은 속아 넘어가지 않도록 조심하세요."

오늘 들어 가장 청산유수처럼 말을 쏟아내고 있었다.

역시 그 남자가 무슨 짓을 한 것 아닐까……? 아스하인 양에게는 우리 관계를 밝히지 말라고 말한 것도 그렇고…….

그 후로 우리는 오늘 일을 돌이켜 보듯 이런저런 이야기를 나눴다.

그러는 사이에 나도 아스하인 양도 점점 말수가 줄어들었고, 눈꺼풀 또한 무거워졌다.

기분 좋은 졸음에 의식이 휘감기면서, 나는 이렇게 잠드는 게 참 오랜만이란 느낌이 들었다.

그리고 보니 첫째 날과 둘째 날은 걱정거리를 가득 끌어안은 채 침대에 들어갔다. 첫째 날은 풀장에서의 사건, 둘째 날은 아스하인 양과의 일이었다……. 그래서 이렇게 만족스러운 기분으로 잠에 빠져드는 것은 사실 사흘만이다.

—아, 그리고 보니…….

잠들기 직전, 어떤 의문이 내 머릿속을 스쳤다.

—결국…… 풀장에서 도망친 그 사람은, 대체 누구였을까……?

이리도 미즈토 ◆ 범인에 대해

결론부터 미리 말하자면, 나는 현시점에선 우리의 밀회를 훔쳐본 범인이 누구인지 특정하지 못했다.

그도 그럴 것이, 그 범인에 대한 확실한 실마리가 단 하나뿐인 것이다.

우리의 추적을 여자 탈의실 사물함에 숨어서 피한 것을 보면— 범인은 여자일 것이다.

라쿠로 고교 2학년 학생 중에서만 해도 여자는 약 백 명— 당시에 같은 호텔에 숙박한 여성도 가능성에 포함하면 그 숫자는 일일이 셀 수도 없을 정도다.

하지만…….

여기에 또 하나— 정보가 딱 하나만 추가된다고 가정하면, 이야기는 달라진다.

내가 눈치챈 점이 있다면, 그게 전부다.

또 하나의 조건만 부합된다면, 백 명이 넘는 용의자 중에서 마법처럼 단 한 명의 범인만이 남게 된다.

그 가정을 포함한다면— 이렇게 말할 수 있을 것이다.

나는 그 사람이 누구인지, 거의 확신하고 있다고 말이다.

그러니 남은 것은 그 가정을 사실로 바꾸는 작업이다.

나로서는 범인이 누구인지 알든 모르든 상관없지만, 유메의 마음에는 응어리로 남을 것이다. —무엇보다 내 가정이 옳다면, 범인 자신의 마음에 이 수학여행은 안 좋은 추억으로 계속 남게 되리라.

그러니 어울리지 않는 짓이지만, 누군가가 해야만 한다.

매사는 끝만 좋으면 되니 말이다.

인생에서 단 한 번뿐인 고등학교 수학여행을, 좋은 추억으로 끝내게 해 주자.

그렇게 마음을 단단히 먹을 필요는 없다.

이미 포석은 깔아 뒀다.

이제 기다리고 있으면, 저절로 필요한 정보가 굴러들어올 것이다.

그렇지?

요시노 야코.

이리도 미즈토 ◆ 왜 이번에 한해서는 복장 묘사가
많은 건가?

수학여행 최종일— 넷째 날의 유일한, 그리고 마지막 프로그램은 슈리성 견학이다.

흔히 보는 빨간 벽돌로 된 장엄한 성문 사진 때문에 헤이안 신궁 같은 장소에 있을 거라 상상했지만, 실은 평범한 주택가 한복판에 있는 조그마한 언덕 위에 슈리성은 있다고 한다.

하지만 슈리성 주변은 경관 관련의 규칙이 있어서, 대부분의 건물이 흰색 벽과 붉은색 지붕으로 통일되어 있었다. 그 점이 이곳의 가장 큰 특징이라 할 수 있었다.

나를 비롯한 라쿠로 고교 일행이 가장 흥분한 것은 로손 편의점을 발견했을 때였다. 이미지 컬러가 파란색인 로손의 간판이 빨간색이었다. 보통 파란색 줄이 그어져 있는 입구 차양막도 빨간색이어서, 언뜻 봐선 로손이라는 것을 알 수 없을 정도였다.

맥도널드 간판이 갈색인 것으로 유명한 교토 사람으로서, 그 이상으로 지역에 맞춘 디자인을 발견하고 흥분하지 않을 수 없었다.

좌우에 돌담이 존재하는 널찍한 언덕을 올라가자, 새빨간 문이 보였다. 이것이 슈리성 공원의 입구— 슈레이문 같았다.

반별로 차례차례 문을 통과했다. 기본적으로 조별 행동을 해야 하지만, 안에서는 꽤 자유롭게 둘러봐도 괜찮다고 한다.

총 여섯 명인 우리 조는 석조 성벽을 따라 걸었다. 얼마 후, 성벽 안쪽으로 들어갈 수 있는 문이 보였다. 아까 본 슈레이문과 다르게 성벽에 구멍을 내서 만든 듯한 투박한 문이며, 양옆에 시사의 조각상도 잿빛이었다.

그 문을 지나치자, 파도처럼 곡선을 그리는 성벽에 둘러싸인 공간이 나왔다. 녹색 잔디에 돌길이 뻗어 있으며, 그 길 끝에는 계단과 조그마한 문이 또 있었다. 이번에는 붉은색으로 예쁘게 칠해져 있었다.

계단을 올라서 빨간색 문을 통과하자, 곧 정면에 5미터 높이의 성벽이 나타났다. 길은 왼쪽으로 뻗어 있으며, 그 끝에는 또 계단과 문이 있었다.

"계, 계단이 너무 많은 거 아니에요……?"

이사나가 지친 목소리로 그렇게 말했다.

나도 발에 피로가 쌓인 느낌을 받으며 대꾸했다.

"언덕 위에 있는 성이잖아……. 계단도 많고, 오르막도 많겠지."

"으윽……."

이사나는 질색했다. 솔직히 나도 같은 심정이었다.

계단을 오르고, 문을 통과하자, 광장에 도착했다. 왼편에 관광객이 모여 있었는데, 아무래도 허리 높이의 성벽 너머로 마을을 한눈에 볼 수 있는 것 같았다.

"우와~! 이런 데까지 올라왔구나! 사진 찍자, 사진! 카와나미, 잘 부탁해!"

"하아, 알았어."

아무렇지도 않게 사진사 취급을 받은 카와나미가 휴대전화기를 넘겨받았다. 여자애 네 명이 성벽 옆에 서더니, 나하 시의 경치를 배경 삼아 사진을 찍었다. 미나미 양은 물론이고 유메도 사진 찍히는 데 익숙해진 것 같았지만, 이사나는 전형적인 아싸 느낌의 피스 사인을 했고, 아스하인도 표정이 어색했다.

나는 얽히지 않을 생각이었지만, 결국 조원이 다 함께 사진을 찍게 되면서 카와나미에게 끌려가서 렌즈 앞에 섰다. 나는 사진 자체를 그다지 좋아하지 않는데 말이다.

그 후에 또 문을 지나자, 돌을 깔아 만든 커다란 광장과 이제까지 본 것 중에서 가장 큰 문이 모습을 드러냈다.

봉신문(奉神門)— 올려다봐야 할 만큼 커다란 그 성문은 지붕과 벽과 기둥이 전부 선명한 붉은색으로 통일되어 있었다. 슈리성의 정전으로 이어지는 정면 문인데, 그것 자체도 건물이어서 이게 성이라고 말해도 믿음이 갈 것만 같았다.

그 문 너머에는 원래 붉은색과 금색으로 꾸며진 장엄한 정전이 있었다고 하는데, 몇 년 전에 일어난 화재로 흔적도 없이 타 버린 탓에 현재 복원 공사가 한창 진행 중이라고 한다. 실제로 문 너머에는 예전의 정전이 그려져 있는 커다란 조립식 건물이 있었다.

여기까지가 겨우 절반인 건가. 게다가 이만큼 더 걸어간 후에 돌아가기까지 해야 한다.

"히익……."

봉신문 앞에 펼쳐져 있는 광장 구석에서, 이사나는 숨을 헐떡이며 몸을 웅크렸다.

"언덕, 계단, 언덕, 계단…… 은둔형 외톨이에게는 너무 힘들어요……."

"한심하네. 겨우 이 정도를 가지고 말이야."

천적인 카와나미의 조롱을 무시한 이사나는 「……인간은 언덕 따위 안 올라가도 살 수 있다고요……」 같은 영문 모를 깨달음을 얻더니, 몸을 웅크린 채 붉은색의 봉신문을 올려다봤다.

그 모습을 본 유메가 미나미 양에게 말했다.

"잠시 쉴까? 여기는 넓으니까, 남들에게 방해되지 않을 거야."

"괜찮지 않겠어?"

그리하여, 우리는 잠시 이 광장을 둘러보며 쉬기로 했다.

나로서는 잘된 일이다. 여기서 잠시만 기다리면…… 분명, 그녀가 찾아올 것이다.

나는 돌이 깔린 광장을 어슬렁거리는 척하면서, 슬그머니 다른 조원들과 거리를 뒀다.

그러자, 다른 조의 학생들이 차례차례 도착했다. 그 안에는—.

"……저기."

예상대로다.

누군가가 말을 걸어오자, 나는 고개를 돌렸다.

그러자 화려한 헤어스타일과 배꼽이 드러나는 옷을 입은, 요시노 야코가 눈에 들어왔다.

어깨와 배와 허벅지를 대담하게 노출하는, 문화재에 어울리지 않는 복장을 한 그녀는 겁먹은 듯한, 한편으로 의심하는 듯한, 어느 쪽이든 간에 우호적이지 않은 시선으로 나를 쳐다보고 있었다.

광장 가장자리에서 자라고 있는 나무 근처로 이동했으니, 유메나 이사나에게 한 소리 듣지도 않을 것이다. 나는 시치미를 떼면서 요시노에게 말했다.

"무슨 일이야?"

요시노는 미간을 살짝 찌푸렸다. 뻔뻔하다고 생각하는 듯한 표정이었다.

"무슨 일은 무슨 일이야. 그런 메시지를 나한테 보내 놓고……"

"그건 내 나름의 친절이기도 한 데 말이지."

"『이기도』라고 말한 것 보면, 그게 전부는 아니지? 나한테 하고 싶은 말이 뭔데? 네가 협박 같은 걸 하는 사람인 줄은 몰랐어."

"협박할 생각은 없어. 네가 멋대로 협박을 당했다고 생각하는 것뿐이야."

나는 어깨를 으쓱하며 말을 이었다.

"애초에, 협박 재료는 못 돼―. 조장용 휴대전화기가 망가졌다, 같은 건 말이지."

"……윽!"

요시노는 입술을 일그러뜨렸다.

나는 쓴웃음을 머금으며 말을 이었다.

"참고로, 나는 그 점에 관해 확고한 증거나 확신을 가진 것도 아냐. 단순한 추측이었지. ―하지만, 지금 네 표정을 보고 확신했어. 너…… 휴대전화기를 물에 빠뜨려서 망가뜨렸지?"

"그걸…… 어떻게 안 건데?"

"단서는 총 세 가지야. ―하지만 일부러 듣고 싶어?"

"안 들으면 납득을 못 한단 말이야!"

그렇다면 어쩔 수 없나.

"첫 번째 단서는 둘째 날 아침, 유메가 너에게 전화를 했는데 안 받았단 거야."

안내서 사건에 대해, 유메가 나를 데리고 물어보러 갔을 때의 일이다. 느닷없이 방에 찾아가는 건 실례라고 여긴 그녀는 휴대전화기로 용건을 이야기하려 했지만, 요시노는 받지 않았다. 그때 이미 휴대전화기가 망가졌던 거라면, 앞뒤가 맞았다.

"두 번째 단서는 그날부터 너희 조가 묘하게 우리 조와 행동을 같이하려 한 거야. 아메리칸 빌리지에서도, 항상 유메 일행의 근처에 있었잖아. 그건 휴대전화기를 통해 긴급 연락이 있을 때, 그 정보를 공유하기 위해서 아냐?”

유메와는 그날 아침에 이야기를 나누면서 『뭔가 곤란한 일이 있으면 협력하겠다』는 언질을 받았으니, 여차하면 의지할 생각이었으리라.

“세 번째 단서는— 둘째 날 아침, 너희 방에 널려 있던 옷 이야.”

“옷······?”

“첫째 날 저녁 식사 후에 네가 입고 있었던 옷과 같은 것이었어.”

“······!”

요시노의 표정이 희미하게 일그러졌다. 알려지고 싶지 않았던 거라면, 행동이 참 허술했다. —역시 남자를 함부로 여자 방에 들여선 안 됐던 거야.

“우리는 수학여행의 모든 일정— 나흘 동안 입을 옷을 챙겨 왔어. 그러니 옷을 빨 필요는 없지. 만약 빨래를 한다면, 그것은 예상치 못한 사고가 발생해서 빨 필요가 생겼을 때 — 예를 들자면, 옷이 물에 빠져서 못 입게 됐다거나?”

왜 옷이 물에 빠진 것일까?

딱 안성맞춤인 이벤트가 전날 밤에 벌어졌었다.

“요시노— 너, 아스하인에게 밀쳐져서 물에 빠졌지?”

요시노는 티를 내지 않으려고 열심히 표정을 관리하고 있었다.

하지만, 이미 늦었다. ―네가 그렇게 나를 두려워한 시점에, 내 가설은 이미 증명됐으니 말이다.

"유메를 통해 아스하인에게 들었어. 첫째 날 밤 여덟 시 반쯤, 호텔 인피니티풀에서 고백 장면을 봤다더라. 물론 아스하인은 그게 누구인지는 말하지 않았어. 하지만 아까 말한 세 가지 정보를 기억하고 있었던 나는 그중 한 명이 틀림없이 너라고 생각했어. 그것도 고백한 쪽이 말이지."

"……왜 그렇게 생각하는데?"

"아스하인의 이야기로 추측해 볼 때, 너 이외의 다른 한 명으로 추정되는 사람은 세 명뿐이야. 그리고 셋 다, 너에게 고백할 동기가 있다고는 생각할 수 없었어. ……너한테는 미안한 이야기지만 말이야."

"잠깐만……. 대체 무슨 소리를 하는 건지 모르겠거든?"

마음이 진정된 건지, 요시노는 이제 와서 표정을 관리하며 말했다.

"풀장에서의 고백? 그리고, 물에 빠져? 그게 왜 나라고 생각하는 건데? 옷을 빨았다고 해서 물에 빠졌다고 단정할 순 없거든? 예를 들어…… 주스를 쏟았을 수도 있지 않아?"

"그러고 보니, 오늘도 첫째 날과 같은 옷을 입었네. 눈에 익어."

"널어놨더니 말라서—."

"소독약 냄새가 나는걸."

"뭐?"

요시노는 허둥지둥 자기가 걸친 캐미솔의 어깨끈에 코를 가져가더니, 그대로 얼어붙고 말았다.

나는 작게 웃으며 말했다.

"솔직하네."

요시노는 부끄러워하듯 얼굴을 붉혔다. 나도 설마 이렇게 완벽하게 걸려들 거라고는 생각도 못 했다.

"하아, 정말! 목적이 뭐야?! 왜 나를 가지고 놀면서 괴롭히는 건데?!"

"그런 게 아니야. 나는 네가 고백했다는 것 자체를 가지고 이러쿵저러쿵할 생각 없어. 너는 나에 대해 나름대로 생각하는 바가 있을지도 모르지만— 그것보다 내가 묻고 싶은 건 따로 있어."

나는 요시노의 왼 손목을 손가락으로 가리켰다.

정확하게는— 거기에 찬, 손목시계를 말이다.

"네가 아스하인과 함께 풀장을 나간 건, 여덟 시 몇 분쯤이었어?"

"……뭐? 그 질문에 무슨 의미가 있는데?"

"그것으로, 네가 누구에게 고백했는지 알 수 있어."

"그냥 나한테 물어보면 되잖아."

"말하기 싫잖아? 그리고— 이러는 편이, 걔가 기뻐할 것 같거든."

요시노는 눈을 가늘게 뜨며 나를 응시했다.

그 시선에 어떤 감정이 담겨 있는지는 알 수 없다. 그저 요시노는 눈앞의 사실을 받아들이듯 잠시 침묵을 지켰다.

"……좋아. 내가 졌어."

한숨을 내쉬며 그렇게 말한 요시노는 기운 없는 눈길로 나를 쳐다봤다.

"그 대신, 내 이야기를 들어줘. 네 추리? 란 게 끝난 후라도 괜찮아."

"좋아. 그 정도 대가는 치르겠어."

"남의 사랑 이야기를 대가 취급하지 마."

그리고 요시노는 자기 왼 손목에 찬 손목시계를 쳐다봤다.

"으음, 뭐? 풀장을 나선 시간?"

"그래. 가능한 한 세밀한 시간을 알고 싶어."

아스하인에게서는 알아낼 수 없는 정보다. 왜냐하면 그녀는 손목시계를 차지 않은 것이다. 그러니 풀장을 나설 때의 시간을 확인하지 못했을 것이다.

"잠깐만 있어 봐……. 분명 시간을 확인했었는데……. —아, 그래. 8시 50분쯤이었을 거야."

"8시 50분……."

내가 풀에 들어가기, 딱 10분 전쯤인가.

―확정됐군.

"고마워. 이것으로 확정됐어."

"흐음. 그러면 일단 물어봐 줄게. 퀴즈! 내가 고백한 사람은 대체 누구일까요~?"

나는 한 사람의 이름을 입에 담았다.

요시노는 홋하고 웃음을 흘리더니, 체념한 투로 말했다.

"정말 아니꼽네."

그리고 한동안, 나는 그녀의 이야기를 들어 줬다.

남들 몰래 시작됐고, 남들 몰래 끝난, 그녀의 사랑 이야기를 말이다.

이리도 미즈토 ◆ 그림자의 정체

정전의 복원 공사 구역을 주위의 통로를 따라 견학한 우리는 좁은 길을 따라 전망대에서 경치를 즐긴 후, 다시 여러 성벽을 통과하면서 슈레이문 근처로 돌아왔다.

슈레이문 근처에는 매점이 갖춰져 있는 거대한 잔디밭 광장이 있으며, 이곳에서 학생 전원이 돌아올 때까지 자유 시간을 보내기로 되어 있었다.

다른 학생들이 매점에서 기념품을 둘러보거나 아이스크림을 사 먹는 가운데, 지붕처럼 커다란 가지를 넓게 펼친 나무 아래에 홀로 앉아서 무릎 위에 스케치북을 펼쳐 놓고 있는 사람이 있었다.

나는 그 사람의 곁으로 다가가서, 양해도 구하지 않고 그 옆에 앉았다.

"뭘 그리는 거야?"

내가 그렇게 묻자, 그 사람은—.

히가시라 이사나는…….

—경쾌하게 펜을 놀리며, 이렇게 말했다.

"한 폭의 그림 같은 경치를 실컷 봤으니까, 가볍게 스케치한 후에 적당히 캐릭터를 세워 볼까 해서요."

"경치를 기억하는 거야?"

"가볍게 스케치만 하는 거예요. 사진도 찍어 뒀고요."

이사나는 오래된 디지털카메라를 따로 챙겨 왔다. 수학여행의 추억과는 별개로 자료용 사진을 찍고 싶었기에, 아버지에게 빌린 것이라고 한다.

나는 이사나가 스케치북에 재현하고 있는 슈리성의 경치를 보면서, 그녀에게 물었다.

"수학여행도 곧 있으면 끝나는데, 개인적으로 어땠어?"

"즐거웠어요! 중학생 때보다 훨씬요! 친구가 함께 가는 수학여행은 이렇게 즐거운 거군요. 이제까지 몰랐어요."

"정말 눈물 나는 대사네……. 뭐, 나도 얼추 동의하긴 해."

나도 즐거웠다.

이런저런 트러블이 있기는 했지만, 그것도 끝나고 나니 좋은 추억이었다.

"이사나— 스케치를 하면서라도 괜찮으니까, 내 이야기를 좀 들어 줬으면 해. 괜찮지?"

"무슨 이야긴데요~?"

"별건 아냐. 실은, 이 수학여행 중에 냐와 유메한테 사소한 트러블이 발생했거든. 그 트러블을 해결하기 위해, 나름대로 생각해 본 게 있어. 그걸 네가 들어 줬으면 해."

"네~? 그런 걸 제가 들어 봤자 의미가 있나요~? 조언 같은 건 못 할 걸요?"

"그냥 들어 주기만 하면 돼. 그러면 내 생각을 정리할 수 있을 것 같거든."

나는 겹겹이 존재하는 나뭇가지 너머로 보이는 푸른 하늘을 올려다보며, 추억을 들려주듯 이야기를 시작했다.

"첫째 날 아홉 시에 일어난 일이야. 실은 나와 유메는 어느 장소에서 만났어."

"그랬군요~."

"호텔에 있던 풀장을 기억해? 거기라면 학생들이 오지 않을 테니까, 아홉 시에 거기서 만나기로 약속했지. 그리고 한동안 이야기를 나눴는데— 갑자기 등 뒤에서 소리가 들리는 거야. 고개를 돌려보니, 거기 있는 화단 뒤편에 숨어 있던 누군가가 허둥지둥 도망치고 있었어."

"엥~?"

"우리는 급하게 그 사람을 쫓아갔지만, 탈의실을 지나 복도로 나갔을 때는 이미 그 사람의 그림자조차 보이지 않더라고. 너도 알다시피, 우리 관계가 널리 알려지면 여러모로 곤란해지잖아? 그래서 수학여행이 끝나기 전에— 학생들이 다시 스마트폰을 손에 쥐기 전에, 그 범인을 찾아내서 입 다물게 할 필요가 있는 거야."

"그야 그렇겠죠."

"하지만 그 범인이 누구인지, 오늘 아침까지는 짐작조차 할 수 없었어. 왜냐하면 범인에 대해 알고 있는 건 딱 하나뿐이었거든. 실은 우리가 풀장에 있는 동안, 미나미 양이 풀장 입구를 감시하고 있었나 봐. 미나미 양의 말에 따르면, 우리가 풀장에 들어갔다 나올 때까지, 누구도 풀장에 출입하지 않았대."

"어어~?"

"범인은 바로 복도로 나가지 않고, 우리가 나갈 때까지 숨어 있었던 거야. 그리고 나는 탈의실의 사물함 안을 전부 살펴봤으니까, 범인이 숨어 있었던 곳은 유메가 지나친 여자 탈의실의 사물함인 게 돼. 즉, 범인은 여자인 거지. 그런 다급한 상황에서, 남자가 여자 탈의실로 도망칠 리가 없거든."

"흠흠. 그렇군요."

"거꾸로 말하면, 알고 있는 거라곤 그게 다였어. —하지만, 그날 밤에 그 풀장에서 일어난 사건은 그것만이 아니었던 거야. 그것을 종합적으로 생각해 본 결과, 퍼즐처럼 깔끔하게 용의자가 딱 한 명으로 좁혀진다는 것을 나는 눈치챘지.”

“그래서요?”

“우리가 풀장에 들어가기 30분 전— 20시 30분경에 그 풀장에는 세 사람이 있었어. 한 사람은 아스하인이야. 아스하인은 화단 뒤편에 숨어서, 우리가 아닌 다른 누군가의 밀회를 목격했대. 그것은 요시노 야코가 어느 학생에게 고백하는 장면이었어.”

“호오~.”

“고백에 실패한 요시노는 아무래도 감정이 격해졌나 봐. 두 사람이 다투려던 순간에 화단 뒤에 숨어 있던 아스하인이 뛰쳐나왔고, 그대로 두 사람을 풀장에 밀쳐 버린 거야.”

“이야~.”

“이 사건과 우리 사건은 관계가 없지 않아. 요시노가 고백한 상대— 20시 30분에 풀장에 있던 세 사람 중 마지막 한 사람이 바로, 우리 밀회를 훔쳐본 바로 그 범인이거든.”

스케치북에 펜으로 그리면서 맞장구를 치던 이사나는 그 말을 들은 순간, 손을 멈추면서 나를 힐끔 쳐다봤다.

“……어째서 그렇게 생각하는 건데요?”

“아까 요시노한테서 들었어. 고백에 실패한 후, 풀장에 빠졌고, 아스하인이 가져다준 옷으로 갈아입고 나서, 풀장을 나설 때가 몇 시 몇 분이었는지를 말이지. 대답은 8시 50분경이었어. 여기서 떠올려 봐야만 할 게 있어. 아까 미나미 양이 풀장 입구를 감시했다고 했지? 실은 감시를 시작한 것도 아홉 시 10분 전― 그러니까 8시 50분쯤부터야. 하지만 미나미 양은 풀장에서 나오는 요시노와 아스하인을 못 봤고, 들어가는 사람 또한 못 봤지.”

“하아…….”

“요시노와 미나미 양의 기억에 몇 분 정도 오차가 있어서, 엇갈린 거야. 하지만 어찌 됐든 간에, 우리를 훔쳐본 범인이 풀장 안에 들어갈 수 있었던 것은 요시노와 아스하인이 풀장에서 나온 후에 미나미 양이 감시를 시작할 때까지의 겨우 몇 분에 지나지 않아. 마치 바늘구멍을 통과하는 것처럼, 그 짧은 타이밍에 범인이 풀장에 숨어든 것을 우연으로 치부해도 될까?”

“글쎄요.”

“미나미 양은 풀장 입구를 감시하는 걸 누구에게도 말 안 했고, 몇 시 몇 분부터 시작할지는 본인도 몰랐을 거야. 그런 그녀를 피해서 풀장 안에 들어갔다면, 그건 우연이라고 말할 수밖에 없어. 하지만 요시노와 아스하인 쪽은 어떨까? 범인이 그 두 사람과 아무런 관련도 없는 타인이라고 가정한다면, 범인은 그 두 사람을 피할 이유가 없어. 낯가림이 어마어마하게 심한 범인이라 피했다 치더라도, 탈의실 안을 살펴보지도 않고 두 사람이 안에 있다는 걸 눈치채는 건 어렵겠지. 아스하인의 말에 따르면 탈의실에 다른 누군가가 오지도 않았고, 요시노와는 말 한마디 섞지 않았다고 했거든—. 얼굴을 보여 주지도, 목소리를 들려주지도 않았는데, 대체 범인은 어떻게 그 두 사람이 거기에 있다는 걸 알았을까?”

“으음······.”

“범인은 요시노와 아스하인이 탈의실에 있다는 걸 처음부터 알고 있었고, 그녀들과 얼굴을 마주하기 어려운 상황이었다고 나는 생각했어. 그 조건에 부합되는 인간이 딱 한 명 있지. 즉— 요시노의 고백을 거절한 인간이야.”

“······.”

“요시노의 고백을 거절한 인간— 우리의 밀회를 훔쳐본 인간. 이 식이 성립한 순간, 내 머릿속에는 범인의 정체를 시사하는 네 가지 조건이 갖춰졌어.”

나는 집게손가락을 세웠다.

“첫 번째는 아까 이야기한, 여성일 것.”

나는 이어서 가운뎃손가락을 세웠다.

“두 번째는 요시노와 같은 반이지만 다른 조일 것. 요시노가 범인에게『같은 조가 되고 싶었다』고 말하는 걸 아스하인이 들었다고 했거든. 다른 조의 애들이 아니면, 그런 말을 할 리가 없어.”

나는 이어서 약손가락을 세웠다.

“세 번째는 수영복을 가지고 있을 것. 요시노의 고백을 거

절한 인간은 옷이 젖어서 움직이지 못하는 요시노와, 갈아
입을 옷을 가지러 간 아스하인을 두고 먼저 풀장에서 나갔
다고 해. 그러려면, 풀장에 빠질 때 수영복을 입고 있었어야
하지一. 그 풀장의 탈의실에는 수영복 건조기가 있었거든."

그리고 나는 새끼손가락을 세웠다.

"네 번째는一 그날 아홉 시에 알리바이가 없는 인간일 것."

나는 꼿꼿이 세운 네 개의 손가락 중 검지부터 차례차례
접으며 말을 이어갔다.

"첫 번째 조건만으로는 용의자가 백 명 이상 돼. 거기에
두 번째 조건을 더하니, 요시노의 조 여자애를 제외한 우리
반 여자애 열한 명까지 용의자를 줄일 수 있었어."

집게손가락.

가운뎃손가락.

"그리고 세 번째 조건. 이번 수학여행에 수영복을 가지고
온 건, 둘째 날 오후 코스 선택에서 해양 체험을 선택한 학
생뿐이야. 우리 반에서 해양 체험을 선택한 건 요시노의 조
와 우리 조뿐一 요시노의 조는 두 번째 조건에서 제외돼.
즉, 범인은 우리 조에 속한 여자애 네 명 중 누구인 거지."

약손가락.

"마지막으로 네 번째 조건. 남은 네 명의 용의자 중에서,
유메는 당연히 범인일 리가 없어. 풀장 입구를 감시했다고
주장한 미나미 양 또한, 당시에 친구와 같이 있었으니 알리

바이가 확실해. 아스하인은 유메가 풀장에서 방으로 돌아갔을 때, 방에 있었어. 범인은 사물함에 숨어서 우리를 먼저 보냈으니, 우리가 풀장을 나온 후에야 방으로 돌아갈 수 있어─. 유메보다 먼저 방에 돌아가는 건 불가능한 거지."
　마지막.
　마지막 남은 새끼손가락을, 나는 접었다.
　"그러니 남은 사람은, 한 명뿐이야."
　나는 절친의 얼굴을 쳐다봤다.

　"이사나─ 우리를 훔쳐본 사람은, 바로 너야."

　히가시라 이사나는─ 첫째 날 아홉 시, 화단 뒤에 숨어서 우리의 밀회를 훔쳐본 범인은…….
　그저 말없이, 그리다 만 스케치북을 내려다보고 있었다.
　고개를 푹 숙인 듯이…….
　어깨를 부들부들 떨면서…….
　수학여행의 소란스러움이 멀게 느껴지는 가운데, 나뭇가지 사이로 쏟아지는 한여름 햇살만이 나무 그늘에 서 있는 우리를 비추고 있었다. 그림자는 우리와 외부를 가르는 결계 같았다. 하지만 나와 그녀에게는 이것이 일상이다. 도서실 구석에서, 혹은 문화제 날의 옥상에서, 혹은 체육제 날의 학교 구석에서, 우리는 몇 번이나 이런 시간을 보냈다.

그렇기에…….

이 순간 또한, 우리에게는 일상이나 다름없었다.

"대— 대단해요!"

고개를 치켜든 이사나가 나를 향해 몸을 쑥 내밀었다.

코가 닿을 뻔할 정도로 얼굴을 내밀더니, 눈을 반짝이며 말을 늘어놨다.

"언젠가 들키겠지~ 하고 생각했지만, 설마 이렇게 깔끔하게 탄로 날 줄은 몰랐어요! 대단해요! 감복했어요! 머리가 좋다고는 생각했지만, 미즈토 씨는 머리가 정말 끝내주네요!"

"너란 애는 정말…… 그게 범인으로 지목당한 사람의 태도냐? 뭐, 내 예상대로이긴 하지만……."

나는 결코 말주변이 좋은 편이 아니지만, 이런 해결 파트를 선보인 것은 이사나가 기뻐하리라고 생각해서다—. 아무래도 내가 예상보다 더 마음에 든 것 같았다.

몸을 뒤편으로 뺀 이사나는 만족스러운 표정으로 가슴에 두 손을 대더니, 스읍~ 하아~ 하고 심호흡했다.

"아~, 가슴이 뛰었어요. 이게 궁지에 몰린 범인의 심정이군요. 완전 특등석이네요."

"나로서는 『재미있는 추리군. 작가라도 되는 편이 좋겠는걸?』 같은 걸 상상했는데 말이야."

"에이, 미즈토 씨는 작가가 안 되는 편이 낫다는 걸 알고 있는걸요."

"큭……."

물론 나도 잘 알고 있지만 말이야.

이사나는 발을 흔들면서 「저기, 그런데요~?」라고 말하더니, 상반신을 앞으로 기울이며 옆에 있는 내 얼굴을 들여다봤다.

"이제부터 어떻게 하면 되나요? 저는 추리소설을 잘 안 보거든요."

"범인의 자백 파트야. 왜 우리를 훔쳐본 건데?"

"아…… 그것 말인가요. 역시 말해야만 하겠네요."

이사나는 모 소년 탐정 애니에서 범인이 자백할 때 나오는 BGM을 흥얼거린 후에 이렇게 말했다.

"이유는 두 가지예요."

"억지로 머리 좋은 척해가며 설명할 필요는 없어."

"너무해요! 진짜로 이유가 두 가지거든요? ……하나는, 그냥 보고 싶었어요."

"……그걸 이유에 포함해도 되겠어?"

"안 될 게 어디 있냐고요! 유메 양이 아홉 시까지 목욕을 마치고 싶다고 하니까, 이거 아홉 시에 미즈토 씨와 만나기로 했구나~ 하고 생각했어요. 그리고 바로 그때, 어떤 생각이 제 머릿속을 스쳤어요. 미즈토 씨와 유메 양은 단둘이 있을 때 어떤 분위기일까~ 하는 생각이요.”

“뭐, 이해가 안 되는 건 아닌데…… 다른 하나의 이유는 뭔데?”

“다른 하나는…… 좀 확인해 보고 싶었어요.”

“확인해?”

“무서워하면서도 오히려 더 보고 싶어지는 심정이랄까요……. 미즈토 씨의 그렇고 그런 장면을 봐도 제가 괜찮을지, 확인해 보고 싶었어요.”

나는 입을 다물었다.

한편으로 이사나는 딱히 괴로워하거나 거북해 하지 않으면서, 사실만을 고하는 듯한 담담한 목소리로 이야기를 이어갔다.

“이제 와서 미즈토 씨를 어찌할 생각은 없고, 유메 양은 진심으로 축복해 주고 있어요. 그런데도, 두 사람의 그렇고 그런 광경을 보면 제가 어떻게 될지 궁금했달까…… 호러 게임을 플레이하는 심정이랄까요? 공포와 호기심에 휩싸인 저는 행동하지 않을 수 없었어요. 한가하기도 했고요.”

“그래서 먼저 풀장에 와서 숨어 있자고 생각한 거야?”

“그랬는데, 직전에 결심이 안 서서……. 풀장 입구 앞을 어슬렁거리다, 요시노 양에게 딱 걸리고 말았어요. 이유는 말하지 않고 풀장 안에 들어가고 싶다고 말했더니, 그러면 같이 들어가자고 하지 뭐예요.”

"그렇다면, 그때까지만 해도 너는 요시노에게 고백을 받을 줄은 꿈에도 몰랐던 거구나."

"당연하잖아요! 설마 인생 첫 고백― 아, 받는 쪽 말이에요. ―상대가 같은 여자…… 그것도 그런 날라리일 줄은 생각도 못 했다고요."

"그건 그래……."

나도 전혀 예상하지 못했다. 여자끼리라서가 아니라, 요시노가 자신의 본심을 전혀 드러내지 않는 타입이라서다. 그녀는 항상 밝은 성격으로 그 외의 모든 것을 감싸서, 마음속 깊은 곳에 있는 자신의 본심을 누구에게도 보여 주지 않았다.

"이건 내 순수한 흥미인데…… 요시노에게 무슨 말을 들었어?"

"이런 세련된 풀장에 여자끼리 오니 쓸쓸하네~ 같은 말을 요시노 양이 하기에, 맞장구를 쳤거든요? 그랬더니, 그러면 우리 사귈까? 같은 말을……."

"농담 투로 말했구나……."

"아마 제가 잘 받아넘겼다면, 요시노 양도 금방 물러났을 거예요……. 하지만 제가 너무 놀란 나머지 진심에서 우러난 반응을 보이니까, 상대방도 물러날 수 없게 되어서……."

나는 떠올렸다.

아까 요시노 본인에게 들은, 히가시라 이사나에게 고백한 동기를 말이다.

"……즉, 수렁에 빠진 거야."

장엄한 봉신문 앞에 펼쳐진 광장의 구석에서, 요시노 야코는 참회하듯 그렇게 중얼거렸다.

"처음에는 진짜로 아무런 감정도 없었어. 항상 혼자 있네, 아무와도 이야기를 나누지 않잖아, 어떤 애일까…… 그렇게 생각해서 말을 걸어 본 거야. 가슴이 크다는 것도 눈치 못 챘다니깐."

"너는 진짜 타고 난 인싸 멘탈이구나……."

진정한 날라리의 행동력에, 나는 전율하고 말았다. 요시노는 「그런 말 자주 들어」라고 쓴웃음을 머금으며 대답했다.

"그런데, 1년 동안 나 말고 다른 사람과 이야기를 나누는 모습을 본 적이 없었어. 아, 반 안에서 말이야. 미즈토와 친하다는 건 알고 있었어. 하지만 비율로 본다면 같은 반인 나와 같이 있는 시간이 더 길잖아?"

"그렇겠지."

"그래서 이 애는 내가 없으면 큰일이겠네…… 나 말고는 기댈 사람이 없을 거야…… 무의식적으로 그렇게 생각하다 보니, 뭐랄까…… 독점욕 같은 게 생겨나서……."

……이해가 안 되는 건 아니다.

중학생 시절에 유메와 사귈 때도, 고등학교에 들어와서

도서실 구석에서 이사나와 만났을 때도, 다른 누구도 알지 못하는 그녀들의 매력을 눈치채고 우월감 같은 것을 느끼지 않았다면 거짓말일 것이다.

그 수렁에 빠지고 만 건가.

"진짜 소름 돋지? 상대방을 소유하고 싶어졌다니깐……. 그래서 가능한 한 생각하지 않으려고 했는데, 어느 날…… 작년 겨울쯤일까. 보고 만 거야."

"뭘……?"

"이사나의 그림."

나는 감이 왔다.

작년 겨울이라면, 학생회 주도의 고베 여행 후에 내가 이사나의 프로듀스를 시작했을 무렵—.

"교실 구석에서 태블릿으로 그림을 그리는 모습을, 언뜻 봤다니깐. 본 순간, 바로 감이 왔어. 엄청나게 잘 그린 일러스트일 뿐만 아니라…… SNS에서 본 적이 있는 거였어."

"그랬구나……."

"초대박을 터뜨린 건 아니지만, 나 같은 소시민이 보기에는 충분히 화제가 되고 있는 레벨이었거든……. SNS에서 일러스트를 봤을 때도 마음에 들었다니깐. 그런데 그 일러스트를 그린 사람이 이사나였어! 그렇게 생각한 순간, 저기…… 뭐랄까? 운명적이란 느낌을 받았달까……!"

"무슨 말인지 알 것 같아."

나는 한숨을 내쉬며 그렇게 말했다.

세상에 알려지지 않은 존재의 가치를 눈치챈다. 인간에게 그것에 필적하는 쾌락은 흔치 않을 것이다. 누구보다도 내가 잘 알고 있다. 이 세상에서 누구보다 먼저 이사나의 재능을 눈치채고, 매료되고 만 내가 말이다.

"그 후로는 무리였어."

요시노는 자조하는 듯한 웃음을 흘리며 말을 이었다.

"머릿속에 버그가 발생했다니깐. 사람은 이렇게 될 수도 있구나, 하고 생각했어. 주위의 애들에게는 필사적으로 숨겼지만 말이야. 내 이미지상 그런 이야기를 할 순 없잖아."

"혹시 그래서 나와 이사나를 그렇게 놀려 댔던 거야?"

"뭐, 그래……. 1학년 때 이사나한테서 너희가 사귀지 않는단 이야기를 직접 들었거든. 그리고 그런 태도를 보이면 내가 이사나를 좋아한다고는 아무도 생각하지 않을 거잖아."

"첫째 날 저녁 식사 후에 아스하인에게 귓속말을 했었지? 그건……."

"우와, 봤었어? 그때는 『힘내』 하고 말했어. 란이 너를 함락시킨다면 사랑의 라이벌이 줄 거잖아. —아~, 내가 생각해도 참 징그럽네~! 란이 질색하는 것도 무리는 아냐."

요시노의 고백을 본 아스하인이 왜 충격을 받은 것일까?

이게 그 대답이다. 요시노는 사귀는 것으로 알려진 나와 이사나를 툭하면 놀려 댔고, 우리를 위해 아스하인을 불러내기까지 했다. 하지만 그 모든 것은 자기 감정을 남에게 숨기고, 이사나와 사귀기 위한 수작에 지나지 않았다.

유메를 향한 자기 감정으로 인해 고민에 빠져 있던 아스하인은, 이사나에게 집착하는 요시노를 자신과 겹쳐보았다. 자신 또한 저런 인간일지도 모른다는 두려움에 사로잡혔다. 그래서 유메와 거리를 둔 것이다…….

"그 결과, 당연히 차이고 말았습니다~."

요시노는 일부러 가벼운 말투로 그렇게 말했다.

"그때는 발끈해서 이사나에게 매달렸지만, 아스하인 양이 풀에 빠뜨려 준 덕분에 머릿속이 식었어……. 나 따위가 이사나를 어찌 해본다는 것 자체가 주제넘은 짓이야."

"그렇게까지 비하할 건 없지 않을까?"

"내 말이 맞아. ……휴대전화기를 고장 낸 걸 선생님에게 털어놓지도 못할 만큼, 난 소심한 애인걸."

휴대전화기를 고장 낸 사람은 아스하인이라고 생각하는데 말이다.

요시노는 「으음~」 하며 크게 기지개를 켜더니…….

"전부 실토하고 나니 개운하네~! ……미즈토는 이사나를 찼다며?"

"그래."

"죽도록 부럽고, 죽도록 원망스러우니까 이 말은 해 두겠어. 나중에 분명 후회할걸?"

“안 해.”

나는 주저없이 대답했다.

“그때 내가 이사나의 고백을 받아 줬다면, 아마 걔는 그림을 그리지 않았을 거야.”

“아…… 그러면 무리네.”

요시노는 작게 웃으면서 나한테서 뒤돌아섰다.

이제까지의 자신과, 작별하듯이…….

“그러면, 앞으로도 계속 행복하게 해 줘―. 내 소중한 『최애』를 말이야!”

이리도 미즈토 ◆ 히가시라 이사나는 한결같다

힘차게 걸어가는 요시노의 뒷모습을 떠올리면서, 나는 이사나의 얼굴을 쳐다봤다.

이미 그녀는 연애 정도로 행복해질 수 있는 존재가 아니다. 사랑을 받은 나와, 사랑을 한 그녀가 둘 다 그렇게 생각하니, 틀림없다.

사귀기로 해서 남친이 되는 것보다 훨씬 무거운 책임을, 지금의 나는 짊어지고 있다.

그녀의 기대에 부응하기 위해서라도, 나는 져야만 한다.

―히가시라 이사나를 평범한 여고생이 되는 길에서 벗어나게 만든 책임을 말이다.

“……그래서? 결과는 어땠어?”

내가 묻자, 이사나는 「네?」라고 말하며 고개를 갸웃거렸다.

“시험해 봤다며? 남몰래 만나는 나와 유메를 보면 어떨지를 말이야. 결과는— 어땠는데?”

그 결과를 받아들일 책임 또한, 나에게 있다.

그 어떤 결과일지라도, 유메를 위해 이사나를 찬 나에게는— 부정할 권리가 없다.

“그게 말이죠…….”

이사나는 화창한 하늘을 올려다보더니, 으음~ 하고 낮은 신음을 흘리며 생각에 잠겼다.

나는 약간 긴장한 채 대답을 기다렸다.

이윽고 이사나는 툭하고, 빗물이 방울져 떨어지듯 이렇게 말했다.

“……기억이 안 나요.”

“뭐?”

이해 못 한 내가 미간을 찌푸리자, 이사나는 진지한 표정으로 대답했다.

“유메 양이 너무 에로틱해서…… 딴 건 하나도 기억 안 나요.”

“…….”

“아니…… 그렇잖아요! 『집에 돌아갈 때까지 기다려. 알았지?』랬다고요! 너무 야한 거 아니에요?! 평소에는 그렇게 성실하고 청초하면서 말이에요! 너무 흥분해서 몸을 쑥 내밀고 말았다니까요!"

그 바람에 그때 소리를 냈던 거냐.

"저는 이제 유메 양을 음란한 눈길로 쳐다볼 수밖에 없어요! 어젯밤에 가슴 사이즈를 듣고, 코피가 날 뻔했다고요!"

"그러고 보니, 둘째 날 아침에 유메의 침대에 숨어들었다던데……."

"분명 무의식적으로 그런 거예요……. 눈을 떠 보니, 유메 양의 얼굴이 눈앞에 있지 뭐예요. 그대로 심장이 멎는 줄 알았어요."

양손을 부들부들 떨면서, 이사나는 착 가라앉은 눈길로 나를 응시했다.

"오늘, 집에 돌아가면…… 난리가 나겠네요……. 나흘 동안 쌓인 욕망이…… 폭발할 거잖아요……."

"여행 직후라 피곤한데, 그렇게 되겠냐고……."

애초에 오늘은 부모님이 집에 있다.

"제 망상 속에서, 유메 양은 진짜 장난이 아니에요……. 욕실에서 알몸을 본 만큼, 망상의 정밀도가 어마어마해요……. 미즈토 씨에게는 죄송하지만…… 저는 한동안 이 망상을 반찬 삼을 거 같아요……."

"망상에는 칼로리가 없어."

"있다고요……. 충족되는 욕망이 다르긴 하지만요……."

바로 그때, 「헉!」 하고 신음을 흘린 이사나는 하늘의 계시를 받은 듯한 표정을 지었다.

그리다 만 슈리성이 있는 스케치북을 다급히 넘기더니, 새하얀 페이지에 맹렬한 기세로 어떤 러프를 그리기 시작했다.

"왜 그래? 뭔가 생각났어?"

내가 프로듀서의 시점에서 묻자, 이사나는 손을 잠시도 멈추지 않으면서…….

"미즈토 씨. 전에 말했죠? 슬슬 얼굴마담 같은 걸 만들자고요."

"아, 그래……. 간판이 될 만한 캐릭터가 있는 것과 없는 건 전혀 다르거든."

나는 슬슬 이사나에게 만화를 그리게 할 생각이다. 그녀를 만화가로 만들려는 게 아니라, 만화를 그리면서 얻을 수 있는 경험치가 어마어마하기 때문이다.

하지만 느닷없이 컷 배분을 하는 건 어려울 테니, 그 사전 단계 삼아서 대사가 달린 일러스트 시리즈를 시작할 생각이다. 거기에 쓸 캐릭터가 필요하단 이야기를, 이사나에게 일전에 했다.

"이 애를 그 캐릭터로 삼는 건 어떨까요?"

이사나는 순식간에 여자애 한 명의 러프를 완성하더니, 나에게 스케치북을 보여줬다.

그 캐릭터는 유메를 연상케 하는 흑발 롱헤어에 귀여운 베레모를 쓴 여고생이었다. 옷은 꽤 판타지스러운 느낌이며,

케이프 같은 외투를 어깨에 걸치고 있었다.

"이건…… 어떤 캐릭터야?"

"무지 성욕이 강한 미소녀 명탐정이에요."

"……."

이 수학여행에서 얻은 경험을 있는 그대로 조합해서 만든 캐릭터다.

"사건을 해결할 때는 엄청 쿨하고 머리가 좋지만, 연인과 단둘일 때는 에로틱하고 귀여운 모습을 보여 주는 거예요! 아, 맞다. 주인공의 성적 취향을 추리한다는 건 어떨까요?! 『네 시선의 움직임으로 추정해 볼 때, 내 허벅지를 보고 흥분한 게 명백해』 같은 말을 하면서 치마를 살짝 들추는 거죠! 괜찮지 않나요?!"

욕망덩어리 그 자체다.

하지만…… 그런 편이 오히려 낫다는 생각이 드는걸.

하지만 브랜드적 측면에서는 어떨까……. 현재 이사나는 꽤 상큼 담백한 청춘물 노선인데…….

"괜찮죠?! 그리게 해 주세요! 아니, 허락 안 해 주면 멋대로 그릴 거예요!"

"하아~, 알았어! 말려 봤자 의미 없는 거잖아!"

이리하여 탄생한 이 캐릭터가 훗날 엄청난 인기를 끌면서, 이사나에게 어떤 메시지가 오게 되는 요인이 되는데…… 그것은, 별개의 이야기다.

"정말 잘못했어요!"

슈리성 견학을 마치고 나하 공항에서 비행기에 탑승할 때까지 기다리는 동안, 이사나는 유메에게 전부 실토했다.

그 결과, 유메가 보인 반응은—.

"으~!!"

—새빨개진 얼굴을 두 손으로 가리면서 아무 말도 못 한다, 는 것이었다.

이사나는 고개를 갸웃거리면서, 입회인인 나에게 당혹스러운 눈길을 보냈다.

"으음…… 용서받은 걸까요?"

"도저히 그렇겐 안 보이거든?"

"……부끄러워……. 그 광경을 아는 사람이 봤다고 생각하니……. 우와……. 죽고 싶어……."

아하……. 확실히 유메는 평소 모습과 나와 꽁냥댈 때의 모습이 꽤 다르니 말이다.

이사나는 몸을 웅크린 유메의 곁으로 가더니, 머뭇머뭇 말을 건넸다.

"괘, 괜찮아요! 정말 귀여웠거든요!"

"친구한테는 귀여운 모습을 보여 주고 싶지 않은데에에……!"

"남친에게만 보여 주는 얼굴이 있는 것도 괜찮다고 생각해요! 앞으로 유메 양이 아무리 성실하게 행동해도, 엄격한 말을 해도, 「하지만 남친과 단둘이 있을 때는 참 큐트하겠지~」

라고 생각할 거예요!”

“죽여 줘……!”

이렇게 유메의 마음에 상처를 남기면서, 우리의 수학여행은 끝이 났다.

분명 앞으로도 이 여행을 몇 번이나 떠올릴 것이다.

특히 유메는, 잊고 싶어도 잊지 못할 게 틀림없다.

이리도 미즈토 ◆ 나흘 치의 부채

수학여행에서 돌아온 후, 나는 익숙하지 않은 여행의 피로 탓에 침대에 드러눕자마자 그대로 곯아떨어지고 말았다.

눈을 떠보니 창밖이 아직 밝아서 두 시간 정도만 눈을 붙인 줄 알았더니, 어느새 아침이었다.

밤이 사라졌어······.

그 대신 의식은 또렷했지만, 시간을 낭비했다는 느낌이 들었다. ―거실에 가 보니 부모님들도 아직 일어나지 않았으며, 어제 저녁 식사가 랩에 씌워진 채 테이블 위에 놓여 있었다. 배가 고팠기에, 감사히 먹었다.

오늘은 수학여행의 대체 휴일이다. 수학여행 중에 나답지 않게 정력적으로 행동한 만큼, 오늘 하루는 느긋하게 보내자. 그렇게 생각한 나는 거실 소파에서 책을 펼쳤다.

그러고 있으니 곧 부모님이 일어나더니, 일을 하러 갔다. 우리에게 대체 휴일인 오늘은 다른 일반인에게 있어선 평일이다. 왠지 득을 본 것 같은 느낌이 들었다.

그리고 얼마 후, 오전 열 시쯤에 유메가 드디어 모습을 보였다.

"좋은 아침……."

"좋은 아침이야."

기지개를 켜면서 거실에 온 유메는 잠옷이 아니라 실내복 차림이었다. 긴소매 블라우스에 품이 낙낙한 롱스커트란 익숙한 옷차림이지만, 며칠 동안 여름옷을 입은 그녀를 봐서 그런지 왠지 불가사의한 기분이 들었다.

유메는 홍차와 토스트를 준비해서 그것을 먹어 치우더니, 세면장에 갔다가 거실로 돌아왔다.

그리고 소파에 앉아 있는 나에게 쪼르르 다가온 유메는 내 옆에 털썩 앉더니, 그대로 내 허벅지 위에 머리를 얹었다.

"수고했어."

내가 내려다보며 그렇게 말하자, 유메는 「응……」 하고 동물의 울음소리 같은 소리를 냈다.

"오늘은 할 일이 하나도 없는 거지?"

"응. 내일은 학생회 사람들에게 여행선물을 가져다줘야 하지만 말이야."

"여전히 성실하네."

"이 정도는 보통 아냐?"

나는 책을 덮어서 테이블에 둔 후, 내 허벅지를 베고 누운 유메의 볼을 살며시 쓰다듬었다.

그러자 유메는 내 얼굴을 지그시 올려다봤다.

"부모님은 일하러 가셨어?"

"평일이잖아."

"저녁때까지 안 돌아오시겠지?"

"그럴 거야."

"……할래?"

뭐, 부모님이 집에 안 계시니 그런 이야기가 나올 만도 했다. 이사나가 흥분해서 말했던 것처럼, 『집에 돌아갈 때까지 기다려』하고 유메 자신이 말했었고 말이다.

하지만…….

"맥이 풀린 건지, 그런 기분이 안 들어."

"아…….."

유메는 이해한다는 듯한 반응을 보였다.

"왠지 알 것 같아. 나도 좀 느긋하게 있고 싶거든."

나흘이나 금욕 생활을 했으니, 육체적으로는 서로를 갈구하고 있을 게 틀림없는데 말이다. 그래도 두 시간 정도 유메와 느긋하게 보낸 후, 할 마음이 들면 그때 시작해도 늦지는 않다.

그래서 우리는 키스하거나 서로의 몸을 만지지 않고, 그저 사이좋은 남매처럼 느긋하게 오전을 보냈다.

점심때가 되자, 둘이 분담해서 파스타를 만들었다. 감사 샐러드와 수프를 곁들였다. 냉동해 둔 것과 인스턴트다. 오늘은 철저하게 수고를 들이지 않기로 결심했다.

배가 차니 드디어 마음이 느슨해졌고, 이번에는 내가 유메의 무릎을 베고 누워서 책을 읽거나 때때로 이야기를 건넸다.

그러고 있을 때, 테이블 위에 둔 유메의 스마트폰에서 소리가 났다.

유메가 스마트폰을 손에 쥐고 화면을 확인해 보더니, 메시지를 입력하기 시작했다.

나는 별생각 없이 물었다.

"누구야?"

"아스하인 양."

그녀가 먼저 메시지를 보내다니…… 이미지와 좀 다른 것 같지만, 그래도 수학여행을 통해 그녀는 꽤 변했으니 말이다……. 내가 지금 유메의 무릎을 베고 있다는 것을 알면, 불같이 화낼지도 모른다.

유메는 한동안 메시지를 주고받았다.

스마트폰을 보면서 웃음을 흘리거나 작게 혼잣말을 중얼거리는 모습을, 나는 무릎을 베고 누워서 올려다봤다.

……………….

상체를 일으킨 나는 유메와 어깨를 맞대며 앉은 후, 그녀의 가느다란 허리에 팔을 둘렀다.

"어? 미즈토?"

의아해하는 유메의 몸을 돌린 후, 이른바 백허그의 자세를 취했다.

허리 양옆에서 배 쪽으로 두른 팔을 꼭 밀착시킨 후, 유메의 목 언저리에 얼굴을 묻었다.

유메는 재미있어 하듯 웃음을 흘렸다.

"쓸쓸해진 거야?"

나는 대답하지 않았다.

하지만 유메의 체취를 실컷 마시자, 느슨해져 있던 마음이 원래대로 되돌아오는 느낌이 들었다.

귓가에서 얕은 숨을 내쉬자, 유메는「하응」하며 작게 몸을 비틀었다.

그리고 훈훈해 보이는 표정에, 약간의 색기가 어렸다.

"방으로…… 갈까?"

나는 대답 대신 그녀의 귓불을 입술로 달콤하게 깨물었다. 유메는 간지럽다는 듯이 웃음을 흘렸다.

"미안해, 아스하인 양."

유메는 그렇게 말하면서 스마트폰으로 뭔가를 입력한 후, 그것을 치마 호주머니에 집어넣었다.

그리고 그녀가 돌아보듯 내 쪽으로 고개를 비튼 순간, 나는 참다못한 듯이 입술을 포갰다.

몇 초 후에 입술을 떼자, 유메는 놀리듯 미소 지었다.

"아까까지의 차분한 태도는 다 어디 간 거야?"

"……부채가 있거든. 그것도 나흘 치나 말이야."

부모님이 돌아올 때까지, 아직 몇 시간이나 있다.

수학여행 중에는 둘만의 시간을 좀처럼 만들지 못했다. 내일 이후로 이 집에서 단둘이 있는 날이 언제 찾아올지 알 수 없다. 그러니 오늘 나흘 치의 부채를 깔끔하게 청산해야겠다.

우리는 안달이 난 것처럼 몸을 일으킨 후, 가족의 공간인 거실에서 개인의 공간인 내 방으로 걸음을 옮겼―.

―띠링.

유메의 치마 호주머니에서 알림음이 들려왔다.

"……."

"……."

우리는 말없이 호주머니를 내려다봤다.

"……괜찮아?"

"다, 당연히 괜찮지. 한동안 답장을 못 한다고 말해뒀어."

그러면 계속하도록 할까.

우리는 손을 맞잡은 채 2층으로 올라간 후, 내 방에 들어갔다. 여전히 책이 난잡하게 쌓여 있어서 걷기 힘들지만, 침대 위는 깔끔하니 괜찮다.

유메를 침대에 쓰러뜨리자, 그녀는 「꺄앗」 하고 즐거운 듯이 비명을 질렀다.

나는 침대에 드러누운 유메를 덮치면서, 다시 한번 키스를 했다. 이번에는 아까 같은 장난스러운 키스가 아니다. 서로의 몸을 달아오르게 만드는—.

—띠링.

호주머니에서 알림음이 들려왔다.

"……."

"……."

우리는 무심코 입술을 뗀 후, 잠시 꼼짝도 하지 않았다.

유메는 천천히 호주머니에서 스마트폰을 꺼내더니, 화면을 확인했다.

"……누구야?"

"……아스하인 양."

알림만 보고 확인한 것이리라. 유메는 스마트폰에서 시선을 떼더니…….

"폰…… 방해되니, 책상 위에 둬도 돼?"

"……그래."

유메는 내 몸 밑에서 빠져나오더니, 침대에서 조금 떨어진 곳에 있는 공부용 책상에 스마트폰을 가지고 갔다. 그리고 뭔가를 조작한 후, 폰을 내려놨다.

그리고 돌아온 유메가 말했다.

"알림…… 꺼 놨어."

"그래."

그러면 마음을 다시 먹고 시작해 볼까.

유메는 침대에 무릎을 얹더니, 내 어깨에 천천히 손을 얹었다. 그리고 이번에는 나를 밀어서 쓰러뜨렸다. 유메는 자신의 부드러운 몸으로 나를 덮더니, 내 입술에 자신의 입술을 다시 포갰다.

"응…… 흐읍……."

나는 유메의 등에 손을 두른 후, 블라우스 안으로 손을 집어넣었다.

매끄러운 등의 피부를 손가락으로 훑으면서, 블라우스 자락을 걷어 올린 나는 등 한가운데에 있는 브래지어의 후크를 찾았다.

딸깍.

소리 내며 후크가 풀린 순간, 내 안에서 무언가가 끓어올랐다. 불가사의하게도, 몇 번을 되풀이해도 이 순간의 감동은 빛바래지—.

—띠리리리리리링!

책상 위에서 착신음이 들려왔다.

"……."

"……."

그러면 마음을 다시 먹고—.

—띠리리리리리링!

그러면 마음을—.

—띠리리리리리링!

마음을…….

—띠리리리리리링!

"정말!"

유메는 풀린 브래지어를 옷 위로 누르면서 침대 밖으로 나 갔다. 그리고 재빨리 이동해서 스마트폰을 손에 쥐었다.

무시했다간 의심을 받을지도 모른다……. 유메로서는 그 럴 수밖에 없을 것이다.

"여보세요? ……아, 응. 괜찮아. ……응. ……응. ……뭐? 지금?!"

한 손으로 스마트폰을 귀에 대고, 다른 한 손으로 가슴을 감싼 유메가 난처한 표정으로 나를 돌아봤다.

"아니, 지금은 좀……. —어? 아니, 그런 게 아니라……!"

당황한 모습으로 상대방에게 두세 마디 건넨 유메는 전화 를 끊으면서 한숨을 내쉬었다.

"……아스하인이 뭐래?"

나는 머뭇머뭇 물었다. 이제는 상대방이 누구인지 물어볼 필요가 없었다.

유메는 정말 미안한 듯한 투로 대답했다.

"그게…… 내일, 학생회 멤버와 만나기로 한 걸 오늘로 바 꾸자고……."

"……그렇구나."

"하, 하지만, 거절할게! 원래 내일 보기로 한 거잖아!"

"아니…… 다녀와."

나는 자기 자신을 억누르며 그렇게 말했다.

"아스하인과의 관계도 소중하잖아……. 나와의 시간은 또 얼마든지 만들면 돼."

무엇보다도, 아스하인에게 괜히 의심을 사고 싶지 않다……. 죽여 버리겠단 말까지 나는 그녀에게 들었으니 말이다.

"어…… 하지만……."

유메는 스마트폰을 끌어안은 채, 걱정스러운 투로 말했다.

"내가 이런 말을 하는 것도 좀 그렇지만…… 괘, 괜찮겠어……?"

전혀 괜찮지 않다.

"괜찮아. 나를 뭐로 보는 거야? 욕망 정도는 얼마든지 컨트롤할 수 있어."

"그러면 다행이지만……."

유메는 턱에 손을 대며 잠시 생각에 잠기더니, 침대 가장자리에 걸터앉은 내 앞으로 와서 무릎을 꿇었다.

"응."

그리고 포옹을 바라듯 두 팔을 벌렸다.

나는 당황한 채, 그녀의 몸을 끌어안았다. 유메는 마치 자기 몸의 감촉을 내 몸에 새기려는 듯이, 등에 두른 팔에 힘을 줬다. 여러모로 피가 마르는 심정이라 감각이 예민해진 상황에서, 그녀의 부드러운 가슴과 갈비뼈의 감촉, 그리고 호흡의 리듬까지 내 피부에 전부 새겨지는 것만 같았다.

한동안 그러고 있던 유메는 아쉽다는 듯이 몸을 뗀 후, 내 얼굴을 응시했다.

"이것으로, 밤까지 참아 줘. ……할 수 있겠어?"

마치 어린아이를 타이르는 어머니 같았다.

나는 쓴웃음을 머금으며…….

"할 수 있어."

"그리고, 알고 있겠지만…….”

"괜찮아. 걱정하지 마.”

설명하겠다.

이리도 유메는, 남친이 AV를 보는 것을 싫어하는 타입이다.

"그럼…….”

유메는 몸을 일으키더니, 등 뒤로 손을 돌려서 브래지어의 후크를 다시 채우면서 방 입구로 향했다.

"다녀올게. 정말 미안해!”

문 앞에서 돌아선 그녀는 용서를 빌듯 두 손바닥을 맞대며 그렇게 말한 후, 복도로 나갔다.

"여보세요. 아스하인 양? 아까 이야기 말인데…….”

통화하는 목소리가 점점 멀어져 갔다.

그 목소리가 완전히 들리지 않게 되자, 나는 침대 위에 벌러덩 드러누우면서 「하아……」 하고 천장을 향해 크나큰 한숨을 토했다.

이런 일은 분명, 앞으로 몇 번이든 있을 것이다.

하지만 평소에도 아버지와 유니 씨에게 들키지 않도록 조심하고 있는 만큼, 거기에 아스하인이 추가됐다고 해도 큰 문제는 되지 않는다.

하지만…….

이번만은…… 이번만은, 약한 소리를 해야겠다.

"……괴로워……."

이 빚은, 반드시 돌려받고 말겠다.

나는 굳게 결의했다.

　자랑은 아닙니다만, 사실 저는 추리소설을 즐겨 읽지 않습니다.

　제가 좋아하는 건 추리 게임 쪽이며, 추리소설은 1년에 한 권 읽으면 많이 읽은 겁니다. 그래서 유메가 소설 제목을 입에 담으면, 그때마다 그 작품을 찾아 읽은 후에 그 지식을 가지고 집필을 합니다.

　이런 인간도 미스터리는 쓸 수 있다.

　저는 요즘 들어 이런 가치관을 포교하고 싶습니다. 그리고 이번 권이 왜 미스터리인지에 관해서 설명드리겠습니다.

　애초에 이 시리즈에서 미스터리를 다루자는 아이디어는 서적화 전부터 가지고 있었습니다. 그때는 제대로 쓸 자신이 없어서 단념했고, 불순물을 섞으면 안 된다는 판단에 따랐습니다. 하지만 10권이 넘어가면서 이 작품의 마무리에 관해서도 생각해야 하게 됐을 때, 「이대로는 좀 힘들어」란 느낌을 받았습니다.

　실은 4권쯤부터 고민해 온 것이 두 가지 있습니다. 하나는 『러브 코미디로 장편을 쓰는 방법을 모르겠다』라는 것. 그리고 다른 하나는 『다른 캐릭터를 메인으로 삼으면, 미즈토와 유메의 분량이 줄어든다』는 것입니다.

이제까지는 밝히지 않았던 것 같습니다만, 현대를 무대로 한 순수한 러브 코미디를 쓴 것은 이 『새 엄마가 데려온 딸이 전 여친이었다』가 처음입니다. 이제까지는 배틀이나 추리를 하는 이야기만 써 왔기에, 러브 코미디 작품을 어떻게 끝맺으면 될지 몰랐습니다.

글을 쓰면서 시행착오를 통해 배워 나가면 된다고 생각했습니다만, 10권까지 쓴 지금도 알 수가 없습니다. 그래서 무작정 글을 써서 어찌어찌 한 권을 채운다는 식이며, 그 탓에 글을 쓰는 게 너무 힘들었습니다. 여러모로 신경을 써야 하는 미스터리보다도 이 작품을 쓰는 게 압도적으로 어렵습니다.

작가가 괴로워하며 여러 생각을 할수록 좋은 작품이 나온다는 의견도 있습니다만, 그런 방식으로 좋은 작품이 나올지라도 그게 왜 좋은 작품인지 말로 설명할 수 없다면 의미가 없습니다. ─특히 애니메이션 작업을 통해 그 점을 통감했습니다.

지금, 제가 추구하고 있는 테마는 『재현성』입니다.

재현성─ 같은 수준의 재미를 지닌 작품을 반복해서 창조할 수 있는가. 그것을 해내지 못한다면, 지금은 어찌어찌 해나갈 수 있더라도 미래가 없습니다. 미래가 없으면 성장 또한 없습니다. 성장이 없으면 질리고 맙니다.

『질린다』는 것이야말로 모든 크리에이터를 죽이는 독이라고 저는 생각합니다. ─그래서 저는, 자신에게는 러브 코미디 장편에 재현성을 부여할 재능이 없다고 판단해서, 다른 방향에서 어프로치하자는 선택을 했습니다.

그래서 이번에 선택한 것이 미스터리입니다.

왜 미스터리인가? 여기서 다른 하나의 고민으로 이야기가 넘어갑니다만, 이야기의 중심축으로 미스터리를 채용하면, 다른 캐릭터에게 드라마의 초점을 맞추더라도 홈즈 역할과 왓슨 역할─ 이번 권에서의 미즈토와 유메의 분량을 확보할 수가 있습니다.

실제로 이번 11권은 아스하인 양이 메인인 이야기였습니다만, 아스하인 양의 시점인 장면은 하나밖에 없습니다. 미스터리라는 건 그런 식으로 구성하기 쉬운 장르죠.

10권에서 미즈토와 유메가 완전히 맺어지기도 했고, 미즈토의 탐정 적성을 활용해 보자는 생각을 했습니다. 그렇게 여러 조건이 맞아 들어가면서, 한 번 해 보기로 한 거죠.

구상에만 한 달 가량 걸렸습니다만, 덕분에 꽤 편하게 작업을 할 수 있었습니다. 이번 권부터 음성 입력으로 집필 방법을 변경했기에, 한도 끝도 없이 잘못 인식되는 『아스하인』 탓에 발끈하기도 했지만 말이죠.

그래서 이번에는 미스터리 사양의 이야기가 됐습니다. 꽤 본격적인 추리물이었다고 생각합니다. 이 11권을 보고 제가 쓴 미스터리물에 관심을 생기신 분은 더 본격적인 추리물인 『셜록+아카데미(MF문고J)』혹은『내가 대답하는 너의 수수께끼(세이카이샤 FICTIONS)』를 읽어봐 주십시오(선전).

다음 권은 카와나미×아카츠키의 이야기가 될 예정입니다. 어느 날 아침, 두 사람은 같은 침대에서 눈을 뜨는데?! ……그다음은 전혀 생각하지 않았습니다. 발매일 또한 미정입니다.

저, 카미시로 쿄스케의『새 엄마가 데려온 딸이 전 여친이었다 11 어차피 너는 몰라』를 전해드렸습니다. 이미 알고 계실지도 모르겠습니다만, 여자끼리 왁자지껄 즐겁게 노는 모습을 집필하는 걸 좋아합니다.

안녕하십니까. 근로청년 번역가 이승원입니다.

『새 엄마가 데려온 딸이 전 여친이었다』 11권을 구매해 주셔서 진심으로 감사드립니다.

저는 겨울의 막바지&설 연휴 직후에 이 후기를 쓰고 있습니다.

독자 여러분께서는 즐겁고 행복한 설 연휴를 보내셨는지요. 저는…… 번역, 번역, 성묘, 번역, 벌초, 요리, 요리, 번역, 차례, 번역~ 하는 연휴를 보냈습니다.

……네? 설날인데 안 쉬냐고요? 항상 마감에 치이며 사는 역자에게 공휴일은 쉬는 날이 아니니까요. 성묘와 음식과 친지 인사와 차례 등의 일을 처리하면서 일도 해야 하니, 평소보다 더 쉴 틈이 없습니다.ㅠㅜ

결국 올해도 체력의 한계까지 열심히 달리고 있습니다.^^ 독자 여러분께서는 가족과 함께하는 풍성한 설날 보내셨기를 진심으로 기원합니다!

그럼 『새 엄마가 데려온 딸이 전 여친이었다』 11권에 관해 이야기를 해 볼까 합니다.

스포일러가 포함되어 있을 수도 있으니, 본편을 안 읽으신 분은 유의해 주시길!

『새 엄마가 데려온 딸이 전 여친이었다』 11권은 수학여행을 무대로 한 미스터리 추리물!

……네? 전 커플 겸 현 의붓남매 겸 현 만리장성(^^) 커플의 러브 코미디 아니냐고요?

분명 저도 그렇게 알면서 두 자릿수 권수까지 번역을 해 왔습니다만, 이번 권은 진짜로 미스터리였습니다.^^

수학여행을 가서도 새내기 커플답게 둘만의 시간을 보내고 싶었던 미즈토와 유메. 그런 그들은 한밤의 풀장에서 꽁냥꽁냥에 성공합니다만…… 누군가가 그 광경을 목격하고 맙니다.

의붓남매 사이이기에 자신들이 커플이라는 것을 주위 사람들에게 숨겨온 두 사람은 어떻게든 그 사람을 찾아서 입막음해야 했습니다. 하지만 그 와중에 아스하인 또한 예전과 다른 태도를 보이며 유메를 멀리합니다. 뜬금없이 미즈토에게 고백을 하나 싶더니, 1학년 때 학생회에서 함께 고생했던 유메와 거리를 두려 하는 아스하인. 이번 권은 이 두 사건에 대한 답을 홈즈 역할인 미즈토와 왓슨 역할인 유메가 해결하는 내용입니다.

　작가님께서도 추리물이라 말씀하셨지만, 작품 본연의 재미는 여전히 살아있습니다. 오히려 미즈토와 유메의 꽁냥꽁냥은 수위가 급상승! 게다가 새로운 캐릭터인 인싸 날라리 요시노 야코 또한 기존 캐릭터 못지않은 존재감을 드러내고 있습니다. 그들이 앞으로 자아낼 이야기 또한 기대해 주시길!

　그러면 이만 줄이겠습니다.

　항상 좋은 작품을 맡겨 주시는 L노벨 편집부 여러분에게 진심으로 감사드립니다. 올해도 잘 부탁드립니다!

　요즘 요리에 빠진 악우여. 요리하는 건 좋은데, 왜 내 작업실에서 하는 거냐고……. 그리고 작업실 냉장고가 네가 사다 놓은 식재료로 포화 상태야…….

　마지막으로 언제나 제게 버팀목이 되어 주시는 어머니와 『새 엄마가 데려온 딸이 전 여친이었다』를 읽어 주신 모든 분께 진심으로 감사드립니다.

　카와나미와 아카츠키의 동침(?!) 사건의 진상을 파헤치는 12권 역자 후기 코너에서 다시 뵙겠습니다!

2026년 2월 중순

역자 이승원 올림

새 엄마가 데려온 딸이 전 여친이었다 11

초판 1쇄 발행 2026년 4월 10일

지은이_ Kyosuke Kamishiro
일러스트_ TakayaKi
옮긴이_ 이승원

발행인_ 최원영
본부장_ 장혜경
편집장_ 김승신
편집진행_ 권세라 · 최혁수 · 김경민 · 최정민
편집디자인_ 양우연
국제업무_ 박진해 · 조은지 · 이지현 · 박지현
관리 · 영업_ 김민원 · 조은걸

펴낸곳_ (주)디앤씨미디어
등록_ 2002년 4월 25일 제20-260호
주소_ 서울시 구로구 디지털로 32길 30, 코오롱디지털타워빌란트 1301-1308호
전화_ 02-333-2513(대표)
팩시밀리_ 02-333-2514
이메일_ lnovellove@naver.com
ㄴ노벨 공식 카페_ http://cafe.naver.com/lnovel11

MAMAHAHA NO TSUREGO GA MOTOKANO DATTA Vol.11
DOSE ANATA WA WAKARANAI
©Kyosuke Kamishiro, TakayaKi 2023
First published in Japan in 2023 by KADOKAWA CORPORATION, Tokyo.
Korean translation rights arranged with KADOKAWA CORPORATION, Tokyo.

ISBN 979-11-278-8730-8 04830
ISBN 979-11-278-6075-2 (세트)

값 8,500원

©Nana Nanato, Siokazunoko 2024
KADOKAWA CORPORATION

VTuber인데 방송 끄는 걸 깜빡했더니 전설이 되어있었다 1~9권

나나토 나나 지음 | 시오 카즈노코 일러스트 | 박경용 옮김

화려한 VTuber가 다수 소속된 대형 운영회사 라이브온.
그곳의 3기생이며 『청초』 VTuber인 코코로네 아와유키.
"역시 롱캔 따는 소리는 최고야!"
"응? 완전 꼴리거든?"
"내가 마마가 될 거야!"
하지만 그녀의 부주의로 방송을 제대로 안 끈 결과,
본래 성격(주정뱅이, 호색, 청초(VTuber))을 드러내고 마는데?!
"클립 엄청 따갔어?! 트렌드 세계1위?! 동시 시청자 수 실화냐고!!!"
이게 웬일, 갭이 호평을 받으며 인기 대폭발!
그 결과…… "으랏차―! 방송 시작한드아!"

모든 걸 내려놓은 그녀는, 대인기 VTuber의 길을 달려간다!!

라이트노벨의 새로운 빛! ㄴ노벨의 신간은 매월 10일에 발매됩니다. http://cafe.naver.com/lnovel11